AF561248

EN LAS MONTAÑAS DE LA LOCURA

H. P. Lovecraft

En las Montañas de la Locura
de H. P. Lovecraft

D.R. © Selector S.A. de C.V. 2020
Doctor Erazo 120, Col. Doctores,
C.P. 06720, Ciudad de México

ISBN: 978-607-453-723-9

Primera edición: septiembre de 2020

Buque de **Letras**® es una marca registrada de

Impreso en México
Printed in Mexico

Índice

I

Me veo obligado a hablar, pues los hombres de ciencia se niegan a seguir mi consejo sin saber por qué. Si explico las razones por las que me opongo a esta planeada invasión de la Antártida —con su extensa búsqueda de fósiles y su minuciosa perforación y fundición del antiguo casquete glacial— es totalmente en contra de mi voluntad y mis reticencias son aún mayores porque es posible que sea en vano. Es inevitable que los hechos, tal como debo revelarlos, susciten dudas, pero si suprimiera todo lo que parece extravagante o increíble no quedaría nada. Las fotografías guardadas hasta ahora, tanto las aéreas como las normales, hablarán a mi favor, pues son tremendamente gráficas y elocuentes. Aun así las cuestionarán por los extremos a que puede llegar una hábil falsificación. Los bocetos a tinta, desde luego, los considerarán evidentes imposturas, pese a la extrañeza de una técnica en la que deberían reparar intrigados los expertos en arte.

En último extremo tendré que confiar en el buen juicio y el prestigio de los pocos científicos que disponen, por un lado, de independencia suficiente para sopesar mis datos por sus horribles y convincentes méritos o a la luz de ciertos mitos primordiales y ciertamente desconcertantes; por el otro, de suficiente influencia para disuadir a los exploradores en general de llevar a cabo cualquier programa apresurado y ambicioso en la región de las Montañas de la Locura. Es una lástima que hombres relativamente desconocidos como yo, vinculados a una universidad pequeña, tengamos pocas posibilidades de influir en asuntos de naturaleza tan descabellada, extraña y controvertida.

También está en contra nuestra que no seamos, en sentido estricto, especialistas en las disciplinas directamente involucradas. Como geólogo, mi objetivo al dirigir la expedición de la Universidad Miskatonic era sólo obtener muestras de la roca y el subsuelo de diversos lugares del continente antártico, ayudado por el notable taladro diseñado por el profesor Frank H. Pabodie de nuestro departamento de ingeniería. No pretendía ser pionero en otro campo que éste, pero tenía la esperanza de que el uso de este nuevo artilugio mecánico en distintos puntos a lo largo de caminos ya explorados sacase a la luz materiales de un tipo nunca visto hasta el momento con los métodos de extracción habituales. La máquina perforadora de Pabodie, como se sabe ya por nuestros informes, era única e innovadora por su liviandad, su facilidad de transporte y su capacidad de combinar el principio de las perforadoras artesianas normales con el de los pequeños taladros de roca circulares para atravesar con facilidad estratos de diversa dureza. La barrena de acero, las barras articuladas, el motor de gasolina, la torre desmontable de perforación, el material de dinamitado, las cuerdas, la pala para recoger la escoria, las sondas de doce centímetros de diámetro y hasta trescientos metros de profundidad y todos los accesorios necesarios podían trasladarse en tres trineos de siete perros gracias a la ingeniosa aleación de aluminio con que estaban fabricadas casi todas las partes metálicas. Cuatro grandes aeroplanos Dornier, diseñados especialmente para las enormes altitudes de vuelo necesarias en la meseta antártica y dotados de sistemas de arranque rápido y para calentar el combustible ideados por Pabodie, podían transportar a toda la expedición desde una base en el borde de la gran barrera de hielo hasta diversos puntos del interior, y desde allí utilizaríamos los perros que fuesen necesarios.

Planeábamos cubrir un área tan extensa como lo permitiera la temporada —o más, en caso de que fuese absolutamente necesario—, e íbamos a operar sobre todo en las cadenas montañosas y la meseta que hay al sur del mar de Ross; regiones exploradas en diversos grados por Shackleton, Amundsen,

Scott y Byrd. Gracias a los frecuentes traslados en aeroplano de nuestro campamento a distancias lo bastante grandes para que tuviesen significación geológica, esperábamos extraer una cantidad de material sin precedentes, sobre todo en los estratos precámbricos de los que no se habían obtenido hasta entonces más que unas pocas muestras antárticas. También deseábamos obtener la mayor variedad posible de las rocas fosilíferas superiores, pues los ciclos biológicos primigenios en esta desolada región de hielo y muerte son de gran importancia para nuestro conocimiento del pasado de la Tierra. Es bien sabido que el continente antártico fue una vez templado e incluso tropical, con una abundancia de vida animal y vegetal de las que los líquenes, la fauna marina, los arácnidos y los pingüinos de la parte norte son los únicos supervivientes, y esperábamos aumentar la variedad, precisión y detalle de dicha información. Cuando una sonda revelase indicios fosilíferos, aumentaríamos la abertura mediante voladuras para conseguir especímenes de tamaño adecuado y en buen estado de conservación.

Nuestras perforaciones, a diversas profundidades según los indicios proporcionados por la capa exterior de roca, se limitarían a superficies de tierra que estuviesen al aire o casi al aire, inevitablemente situadas en las cimas o las laderas de las montañas debido a la capa de hielo sólido de dos o tres kilómetros de espesor que cubre las zonas bajas. No podíamos permitirnos perder profundidad de perforación por culpa del hielo, aunque Pabodie había ideado un plan para introducir electrodos de cobre en las barrenas y fundir áreas limitadas con la corriente suministrada por un dinamo accionado por un motor de gasolina. Ése es el plan —que sólo pudimos poner en práctica experimentalmente en nuestra expedición— que se propone llevar a cabo la inminente expedición Starkweather-Moore a pesar de las advertencias que he publicado desde que regresamos de la Antártida.

La gente tiene noticia de la expedición Miskatonic por las frecuentes crónicas que enviamos por radio al Arkham Advertiser y a Associated Press, y por los artículos que publicamos luego Pabodie y yo mismo. Estaba integrada por cuatro miembros de la universidad: Pabodie; Lake, del departamento de biología; Atwood, del departamento de física (también meteorólogo), y yo, que iba en representación del departamento de geología y teóricamente estaba al mando. Además, había dieciséis ayudantes: siete graduados de Miskatonik y nueve mecánicos especializados. De los dieciséis, doce eran pilotos expertos de aeroplano y todos menos dos eran excelentes operadores de radio. Ocho sabían navegar con brújula y sextante, igual que Pabodie, Atwood y yo. Y, por supuesto, nuestros dos barcos —antiguos balleneros con casco de madera reforzada para las condiciones polares y un sistema de vapor auxiliar— y sus tripulaciones completas. La Fundación Nathaniel Derby Pickman financió la expedición, ayudada por algunas contribuciones particulares. Los preparativos fueron extremadamente minuciosos, pese a la ausencia de publicidad. Los perros, los trineos, las máquinas, el material del campamento y las piezas sin montar de los cinco aeroplanos se entregaron en Boston, donde se cargaron en los barcos. Íbamos muy bien equipados para nuestro propósito, y en todo lo relativo a los suministros, el transporte y la instalación del campamento seguimos el excelente ejemplo de nuestros muchos y brillantes predecesores. El número y la fama de dichos predecesores fueron, de hecho, los motivos principales de que nuestra expedición —por grande que fuese— pasara tan desapercibida para casi todo el mundo.

Tal como publicaron los periódicos, partimos del puerto de Boston el 2 de septiembre de 1930 y pusimos rumbo sur hacia el canal de Panamá, hicimos escala en Samoa y en Hobart (Tasmania), donde cargamos los últimos suministros. Ninguno de los exploradores había estado nunca en regiones polares, por lo que confiamos en los capitanes de los barcos —J. B. Douglas, al mando del bergantín Arkham y jefe de la flotilla, y Georg Thorfinnssen, al mando del bricbarca Miskatonic—, ambos balleneros veteranos en las aguas antárticas. A medida que el mundo habitado iba quedando atrás, el sol se hundía más en el norte y tardaba más en ocultarse tras el horizonte. A unos 62° de latitud sur avistamos los primeros icebergs —parecidos a una mesa de paredes verticales— y justo antes de llegar al Círculo Antártico, que atravesamos el 20 de octubre con las ceremonias oportunas, tuvimos dificultades con los bancos de hielo. El descenso de las temperaturas me incomodó de manera considerable después de nuestro largo viaje por los trópicos, pero procuré hacer acopio de ánimo para afrontar rigores peores. En muchas ocasiones me fascinaron los extraños fenómenos atmosféricos, sobre todo un espejismo sorprendentemente vívido —el primero que había visto— en el que los lejanos icebergs se convirtieron en las almenas de unos castillos cósmicos inimaginables.

Abriéndonos paso por el hielo, que por fortuna no era ni muy grueso ni muy extenso, llegamos a aguas abiertas a 67° de latitud sur y 175° de longitud este. La mañana del 26 de octubre divisamos al sur un «atisbo de tierra», y antes de mediodía nos recorrió un escalofrío de emoción al contemplar una cadena montañosa vasta, alta y cubierta de nieve que se extendía hasta donde alcanzaba la vista. Por fin, habíamos encontrado una avanzadilla del gran continente desconocido y su misterioso mundo de muerte helada. Aquellos picos eran sin duda la cordillera Admiralty descubierta por Ross, y ahora tendríamos que doblar el cabo Adare y bajar costeando por Tierra Victoria hasta el lugar donde habíamos planeado instalar la base en la orilla del estrecho de McMurdo, al pie del volcán Erebus, a 77° 9’ de latitud sur.

La última etapa de la travesía fue muy impresionante y un acicate para la imaginación, con los grandes y misteriosos picos pelados que surgían constantemente por el oeste mientras el sol de mediodía por el norte o el aún más bajo sol de medianoche por el sur rozaba el horizonte y derramaba sus rayos rojizos y neblinosos sobre la nieve blanca, el hielo azulado, los cursos de agua y las negras áreas graníticas que quedaban al descubierto en las laderas. Entre las cumbres desoladas soplaba a rachas intermitentes el terrible viento antártico; sus cadencias a veces me recordaban un vago silbido musical y casi sensitivo, cuyas notas abarcaban un registro muy amplio, y que por alguna razón mnemónica subconsciente me pareció inquietante e incluso vagamente amenazador. Aquellas escenas me recordaron los extraños y turbadores cuadros asiáticos de Nikolái Roerich, y las aún más extrañas y turbadoras descripciones de la maligna y fabulosa meseta de Leng que aparecen en el temido Necronomicón del árabe loco Abdul Alhazred. Luego tuve ocasión de lamentar haber hojeado aquel libro monstruoso en la biblioteca de la facultad.

El 7 de noviembre, tras haber perdido de vista temporalmente la cordillera occidental, pasamos la isla de Franklin, y al día siguiente divisamos las cimas de los montes Erebus y Terror en la isla de Ross, con la larga línea de las montañas de Parry al fondo. Ahora se extendía hacia el este la larga y blanca línea de la gran barrera de hielo, que se alzaba verticalmente hasta una altura de treinta y cinco metros como los acantilados rocosos de Quebec y señalaba el final de la navegación hacia el sur. Por la tarde entramos en el estrecho de McMurdo y fondeamos frente a la costa, a sotavento del humeante monte Erebus. El pico cubierto de escoria se alzaba tres mil ochocientos metros contra el cielo por el este, como una estampa japonesa del sagrado Fujiyama, mientras detrás se elevaba el blanco y fantasmal monte del Terror, de tres mil trescientos metros de altura y ahora extinto. Bocanadas de humo brotaban del Erebus de manera intermitente, y uno de los ayudantes graduados —un joven brillante llamado Danforth— nos mostró la lava en la ladera cubierta de nieve, al tiempo que observaba que esa montaña, descubierta en 1840, sin duda había inspirado a Poe cuando siete años más tarde escribió:

> … las lavas que vierten inquietas sus torrentes sulfurosos por el Yaanek en los extremos climas del polo
> y gimen mientras ruedan por el monte Yaanek
> en los reinos del polo boreal.

Danforth era un gran lector de libros raros y nos había hablado mucho de Poe, en quien yo mismo estaba interesado por la escena antártica de su único relato largo —las turbadoras y enigmáticas Aventuras de Arthur Gordon Pym—. En las desoladas orillas y en la alta barrera de hielo del fondo, miles de grotescos pingüinos graznaban y movían las aletas, y en el agua se veían numerosas focas nadando o tumbadas en los grandes témpanos que el agua arrastraba lentamente.

La madrugada del día 9, poco después de medianoche, llevamos a cabo un dificultoso desembarco en la isla de Ross a bordo de los botes más pequeños, tendimos un cabo desde cada barco y nos dispusimos a descargar los pertrechos con ayuda de un arnés. A pesar de que las expediciones de Scott y Shackleton nos habían precedido en ese mismo lugar, nuestras sensaciones al hollar por primera vez suelo antártico fueron conmovedoras y complejas. Nuestro campamento en la orilla helada, al pie de la falda del volcán, era sólo provisional: el cuartel general seguiría estando a bordo del Arkham. Desembarcamos el material de perforación, los perros, los trineos, las tiendas, las provisiones, los tanques de gasolina, el dispositivo experimental para fundir el hielo, las cámaras tanto aéreas como ordinarias, las piezas de los aeroplanos y los demás accesorios, entre ellos tres emisores portátiles de radio (aparte de los de los aviones) capaces de comunicar con el receptor del Arkham desde cualquier lugar del continente antártico. La emisora del Arkham, en contacto con el mundo exterior, enviaría nuestros reportajes a la potente estación que el Arkham Advertiser tenía en Kingsport Head, Massachusetts. Confiábamos en completar nuestra labor durante el verano antártico; pero, en caso contrario, invernaríamos en el Arkham y enviaríamos al norte al Miskatonic a por suministros antes de que quedase bloqueado por el hielo. No vale la pena repetir lo que ya han publicado los periódicos sobre nuestros primeros pasos: el ascenso al monte Erebus; las exitosas perforaciones minerales en diversos puntos de la isla de Ross y la singular rapidez con que las llevó a cabo el aparato de Pabodie, incluso a través de estratos de roca sólida; las pruebas experimentales con el dispositivo para fundir el hielo; el peligroso ascenso de la gran barrera de hielo con los trineos y los pertrechos, y el montaje de los cinco enormes aeroplanos en el campamento que instalamos en lo alto de la barrera. La salud del equipo de tierra —veinte hombres y cincuenta y cinco perros de trineo de Alaska— era notable, aunque por supuesto hasta el momento no habíamos encontrado temperaturas ni ventiscas verdaderamente terribles. La mayor parte del tiempo el termómetro oscilaba entre cero y -3° o -6° C y nuestra experiencia con los inviernos de Nueva Inglaterra nos había acostumbrado a rigores parecidos. El campamento de la barrera era semipermanente y estaba destinado a ser un almacén de combustible, provisiones, dinamita y demás enseres. Sólo hacían falta cuatro aviones para trasladar el material de exploración, el quinto se quedaría en el almacén con un piloto y dos tripulantes de los barcos, para que los del Arkham pudieran llegar a donde nos hallásemos en caso de que no funcionaran los demás aviones. Después, cuando no estuviésemos utilizándolos para trasladar el equipo, emplearíamos sólo uno o dos para ir y venir entre el almacén y otra base permanente instalada en la gran meseta, a novecientos o mil kilómetros en dirección sur, más allá del glaciar de Beardmore. A pesar de los relatos casi unánimes sobre los vientos y tempestades que azotan la meseta decidimos no instalar bases intermedias y arriesgarnos en interés de la economía y la eficacia.

Las crónicas que enviamos detallan el agotador vuelo de cuatro horas sin escalas que hizo nuestra escuadrilla el 21 de noviembre por encima de la alta plataforma de hielo, entre los gigantescos picos que se alzaban al oeste y el inexplorado silencio que nos devolvía el eco de los motores. El viento sólo nos molestó un poco y la brújula nos ayudó a atravesar el único denso banco de niebla que encontramos. Cuando avistamos una enorme elevación entre los 83° y los 84° de latitud, supimos que habíamos llegado al glaciar Beardmore, el mayor valle glaciar del mundo, y que el mar helado daba paso a una costa montañosa. Por fin nos estábamos adentrando en el mundo blanco del extremo sur, muerto desde hacía eones, y antes de darnos cuenta divisamos el pico del monte Nansen, que se alzaba a lo lejos por el este hasta una altura de casi cuatro mil quinientos metros.

La exitosa instalación de la base sur sobre el glaciar, a 86° 7' de latitud y 174° 23' de longitud este, y las rápidas y eficaces perforaciones y voladuras llevadas a cabo en diversos sitios a los que accedimos en trineo y aeroplano, son ya historia; igual que el arduo y triunfal ascenso al monte Nansen llevado a cabo por Pabodie y dos estudiantes graduados —Gedney y Carroll— entre los días 13 y 15 de diciembre. Nos hallábamos a unos dos mil quinientos metros sobre el nivel del mar, y cuando los sondeos revelaron terreno sólido a sólo cuatro metros por debajo de la nieve y el hielo en ciertos puntos, utilizamos el dispositivo para fundir el hielo, colocamos cargas y volamos con dinamita algunos sitios donde ningún explorador había pensado obtener muestras de mineral. Los granitos precámbricos y las areniscas de los cerros obtenidas de ese modo confirmaron nuestra teoría de que la meseta era similar a la gran masa del continente que había al oeste, pero ligeramente distinta de las partes que quedaban al este, al sur de Sudamérica, que entonces pensábamos que formaban parte de un continente separado y más pequeño dividido del otro por la franja helada de los mares de Ross y de Weddell, aunque Byrd ha demostrado posteriormente que nuestra hipótesis era falsa.

En algunas de las areniscas dinamitadas y extraídas después de que la perforación revelase su naturaleza, hallamos varios fragmentos fósiles muy interesantes —sobre todo helechos, algas, trilobites, crinoideos y moluscos como língulas y gasterópodos— que parecían tener gran relevancia para entender la historia primigenia de la región. También encontramos una extraña marca triangular y estriada de unos treinta centímetros de diámetro por la parte más ancha, que Lake reconstruyó a partir de tres fragmentos de pizarra obtenidos con la voladura más profunda. Dichos fragmentos procedían de una punta al oeste, cerca de la cordillera de la Reina Alexandra; y Lake, como biólogo, pareció considerarlas extrañamente interesantes y desconcertantes, aunque desde mi punto de vista de geólogo no se diferenciaban de las rizaduras dejadas por las olas y que aparecen con relativa frecuencia en las rocas sedimentarias. Dado que la pizarra es sólo una formación metamórfica en la que se ha insertado un estrato sedimentario, y puesto que la presión produce peculiares efectos distorsionadores en todos los restos que puedan hallarse en ella, no vi motivos para extrañarse tanto por la depresión estriada.

El 6 de enero de 1931, Lake, Pabodie, Danforth, los seis estudiantes, cuatro mecánicos y yo sobrevolamos el Polo Sur en dos de los aeroplanos y tuvimos que aterrizar bruscamente por un viento repentino que, por suerte, no se convirtió en la típica tormenta. Fue, como han explicado todos los periódicos, uno de los muchos vuelos de observación, en los que intentamos discernir rasgos topográficos en áreas inexploradas. Nuestros primeros vuelos resultaron decepcionantes, aunque nos proporcionaron algunos ejemplos magníficos de los fantásticos y engañosos espejismos de las regiones polares, que habíamos tenido ocasión de disfrutar brevemente durante la travesía hasta allí. Las montañas flotaban en el cielo a lo lejos como ciudades encantadas, y a menudo todo aquel mundo blanco se disolvía en una tierra dorada, plateada y escarlata de sueños dunsanianos y expectativas aventureras, bajo la magia del sol de medianoche. Los días nublados teníamos considerables dificultades para volar, pues la tierra nevada y el cielo se fundían en un extraño vacío opalescente en el que ningún horizonte visible parecía señalar la unión de ambos.

Al final, decidimos poner en práctica nuestro plan original de volar mil cien kilómetros al este con los cuatro aeroplanos y establecer una nueva base en un lugar que probablemente se hallaría en lo que habíamos tomado erróneamente por la división continental más pequeña. De ese modo podríamos obtener muestras geológicas para establecer comparaciones. Nuestra salud seguía siendo excelente; el zumo de lima compensaba las carencias de la monótona dieta a base de comida salada y de lata, y las temperaturas, por lo general por encima de cero, nos permitían pasarnos sin las pieles más gruesas. Estábamos a mitad de verano y, si nos dábamos prisa e íbamos con cuidado, podríamos concluir el trabajo en marzo y no tener que pasar una tediosa invernada mientras durase la larga noche antártica. Varias ventiscas violentas nos habían azotado desde el oeste, pero no habíamos sufrido grandes daños gracias a la habilidad de Atwood para diseñar rudimentarios cobertizos y cortavientos para los aeroplanos con pesados bloques de hielo y reforzar el campamento principal con nieve. Nuestra buena suerte y nuestra eficacia resultaron, de hecho, casi extraordinarias.

El mundo exterior sabía, claro, de nuestro programa, y supo también de la extraña y obstinada insistencia de Lake en que hiciésemos un viaje de prospección al oeste —o más bien al noroeste— antes de trasladarnos a la nueva base. Al parecer había meditado mucho y con una osadía radical y alarmante sobre la marca estriada hallada en la pizarra, y había detectado en ella ciertas contradicciones en la naturaleza y el periodo geológico que habían despertado su curiosidad y su interés por hacer nuevos sondeos y voladuras en la formación que se extendía al oeste y de la que procedían los fragmentos desenterrados. Estaba convencido de que la marca era la huella de algún organismo desconocido, voluminoso, radicalmente inclasificable y muy evolucionado, pese a que la roca que la contenía era lo bastante antigua —cámbrica o incluso precámbrica— para excluir la existencia no sólo de vida superior y evolucionada, sino de cualquier tipo de vida por encima del estadio unicelular o como mucho del de los trilobites. Dichos fragmentos, con la extraña marca, debían de tener entre quinientos y mil millones de años.

II

La imaginación popular, a mi juicio, respondió activamente a las crónicas enviadas por radio de la partida de Lake hacia el noroeste por regiones que nunca había hollado el hombre ni siquiera en la imaginación, y eso que en ellas no aludimos a sus descabelladas esperanzas de revolucionar por completo la biología y la geología. El viaje preliminar y los sondeos realizados entre el 11 y el 18 de enero con Pabodie y otros cinco hombres —enturbiados por la pérdida de dos perros en un accidente al cruzar una gran arista de presión en el hielo— habían sacado a la luz más pizarras arqueozoicas, e incluso a mí me interesó la singular abundancia de evidentes restos fósiles en aquel estrato increíblemente arcaico. No obstante, dichos restos eran de formas de vida muy antiguas que no implicaban una gran paradoja, excepto por el hecho de aparecer en una roca definitivamente precámbrica como parecía ser aquella; de modo que siguió pareciéndome poco razonable la insistencia de Lake en que hiciésemos un paréntesis en nuestro ajustado programa —un paréntesis que requeriría el uso de los cuatro aeroplanos, un gran número de hombres y todo el instrumental científico de la expedición—. Al final no veté su plan, pero decidí no acompañar a la expedición al noroeste a pesar de sus ruegos de que le ofreciera mi asesoramiento como geólogo. Mientras estuviesen fuera, yo esperaría en la base con Pabodie y otros cinco hombres y dispondría los últimos planes para trasladarnos al este. Uno de los aviones había empezado ya a transportar una considerable reserva de gasolina desde el estrecho de McMurdo, pero eso podía esperar por el momento. Me reservé uno de los trineos y cuatro perros, pues no conviene quedarse sin medios de transporte en un mundo totalmente deshabitado y muerto desde hace eones.

La expedición de Lake a lo desconocido, como todos recordarán, envió sus propios comunicados con las emisoras de onda corta de los aviones; se recibían al mismo tiempo en nuestro receptor en la base sur y en el Arkham en el estrecho de McMurdo, desde donde se emitían al mundo exterior con longitudes de onda de hasta cincuenta metros. La partida tuvo lugar el 22 de enero a las cuatro de la madrugada, y recibimos el primer mensaje por radio apenas dos horas después, cuando Lake decidió aterrizar y empezar a fundir el hielo para tomar muestras en un lugar a unos quinientos kilómetros de distancia. Seis horas después, un segundo y excitado mensaje nos informó de su frenética labor, de la inserción de una sonda con dinamita y de la obtención de fragmentos de pizarra con varias marcas parecidas a las que tanto nos habían sorprendido la primera vez.

Tres horas más tarde un breve comunicado anunció la reanudación del vuelo ante la inminencia de una fuerte tempestad, y cuando le envié un mensaje advirtiéndole que no corriese más riesgos, Lake respondió secamente diciendo que los nuevos especímenes hacían que valiera la pena correr cualquier riesgo. Comprendí que su emoción lo había llevado al borde del amotinamiento y que no podía hacer nada por impedir una aventura que podía poner en peligro el éxito de toda la expedición; era espantoso pensar que se estaba internando cada vez más en aquella blanca, siniestra y traicionera inmensidad de tempestades y misterios insondables que se extendían unos dos mil kilómetros hasta la costa intuida y desconocida de las tierras de Knox y la Reina María.

Luego, transcurrida una hora y media, llegó un mensaje aún más excitado desde el avión de Lake que casi cambió mis sentimientos e hizo que deseara haberle acompañado.

22:05. En vuelo. Después de la tormenta de nieve, hemos divisado una cadena montañosa mucho más alta que cualquier otra que hayamos visto hasta ahora. Podría igualar al Himalaya si se tiene en cuenta la altura de la meseta. Probable latitud 76° 15', longitud 113° 10' este. Se extiende a izquierda y derecha hasta que se pierde la vista. Nos ha parecido ver dos conos humeantes. Todos los picos son negros y sin nieve. El viento que sopla de ellos impide la navegación.

Después de eso, Pabodie, los hombres y yo nos quedamos sin aliento junto al receptor. Pensar en aquella titánica cadena montañosa a mil kilómetros de distancia inflamó nuestras ansias de aventura, y nos alegró que la hubiese descubierto nuestra expedición, aunque no hubiésemos sido nosotros personalmente. Al cabo de media hora, Lake envió otro comunicado:

El avión de Moulton se ha visto obligado a aterrizar en la meseta al pie de las montañas, pero nadie ha resultado herido y tal vez puedan repararlo. Trasladaremos lo más esencial a los otros tres para regresar o seguir adelante en caso necesario, aunque ahora mismo no es necesario volar con los aviones sobrecargados. Las montañas superan lo imaginable. Haré un vuelo de reconocimiento tras vaciar el avión de Carroll. Es imposible concebir nada igual a esto. Los picos más altos deben de alcanzar los diez mil metros. Superan al Everest. Atwood calculará la altura con el teodolito mientras Carroll y yo los sobrevolamos. Probablemente me haya equivocado con respecto a los conos, pues las formaciones parecen estratificadas. Extraños efectos en el horizonte: hay secciones de cubos fijas en los picos más altos. Todo es maravilloso bajo la luz dorada y rojiza del sol de medianoche. Es como una tierra misteriosa en un sueño o la entrada a un mundo prohibido de maravillas nunca vistas. Ojalá estuviese usted aquí para estudiarlo.

Aunque técnicamente era la hora de dormir, a ninguno se nos pasó por la cabeza acostarnos. Lo mismo debió de ocurrir en el estrecho de McMurdo, donde también estaban recibiendo los mensajes en el almacén de suministros y en el Arkham, pues el capitán Douglas llamó por radio dándonos la enhorabuena por el importante descubrimiento y Sherman, el operador de radio del almacén, se unió a sus felicitaciones. Por supuesto, lamentamos lo del avión averiado, pero confiamos en que pudiera arreglarse fácilmente. Luego a las once de la noche llegó otro comunicado de Lake:

He sobrevolado con Carroll las estribaciones más altas. No me atrevo a intentarlo en los picos más altos con este tiempo, pero lo haré más tarde. La ascensión es terriblemente difícil a esta altitud, pero vale la pena. Es una cordillera enorme y muy compacta, por lo que resulta imposible vislumbrar lo que hay al otro lado. La mayoría de las cumbres superan al Himalaya y son muy extrañas. Las montañas parecen precámbricas, con claros indicios de otros muchos plegamientos. Me equivoqué respecto a los volcanes. Se extienden en todas las direcciones. Por encima de los seis mil quinientos metros no hay nieve. Extrañas formaciones en las laderas de las montañas más altas. Grandes bloques cuadrados con paredes verticales y líneas rectangulares con contrafuertes verticales, como los antiguos castillos asiáticos que se aferran a las montañas en los cuadros de Roerich. Desde lejos son impresionantes. Volamos cerca de algunos, y a Carroll le pareció ver que están formados por piezas más pequeñas, aunque probablemente sea efecto de la erosión. La mayor parte de las aristas están rotas y redondeadas, como si llevasen millones de años expuestas a las tormentas y a los cambios climáticos. Hay partes, sobre todo las superiores, que parecen de roca un poco más clara que ningún estrato visible en la ladera y cuyo origen debe de ser cristalino. Al hacer pasadas a corta distancia hemos visto numerosas cuevas, algunas extrañamente regulares, cuadradas o semicirculares. Tiene usted que venir a investigarlas. Creo haber visto un contrafuerte cuadrado en lo alto de un pico. La altura parece oscilar entre los nueve mil y los diez mil metros. Ahora estoy a seis mil quinientos con un frío cortante. El viento sopla y silba en los desfiladeros y la entrada de las cuevas, pero hasta el momento el vuelo no reviste peligro.

A partir de entonces y durante otra media hora Lake siguió enviando comentarios, y expresó su intención de escalar a pie algunos de los picos. Respondí que me reuniría con él en cuanto pudiese enviar uno de los aviones, y que Pabodie y yo pensaríamos en el mejor modo posible de disponer del combustible, en vista del cambio de objetivo de la expedición. Obviamente, las perforaciones de Lake y sus vuelos de exploración requerirían transportar grandes cantidades a la nueva base que instalaría al pie de las montañas, y era posible que finalmente no pudiéramos llevar a cabo el traslado al este hasta pasado el invierno. Llamé por radio al capitán Douglas y le pedí que descargara todo el material de los barcos y lo enviara al otro lado de la barrera de hielo con el único trineo que teníamos. La prioridad era establecer una ruta directa entre Lake y el estrecho de McMurdo.

Lake llamó por radio más tarde para decir que había decidido instalar el campamento en el mismo sitio donde había aterrizado el avión de Moulton y que las reparaciones continuaban lentamente. La capa de hielo era muy fina y antes de emprender ninguna expedición de escalada o en trineo haría algunos sondeos y voladuras en aquel lugar. Habló de la majestuosidad inefable del paisaje y de la extrañeza de sus sensaciones al hallarse al abrigo de unos pináculos silenciosos que se alzaban hasta el cielo como un muro situado en el fin del mundo. Las observaciones de Atwood con el teodolito habían establecido la altura de los cinco picos más altos entre los nueve mil y los diez mil metros. El aspecto del terreno que parecía batido por el viento inquietaba mucho a Lake, pues revelaba la existencia ocasional de tempestades prodigiosamente violentas que superaban con mucho a cualquiera otra de las que habíamos sufrido hasta la fecha. Su campamento estaba a poco más de siete kilómetros del lugar donde se elevaban bruscamente las estribaciones más altas. Casi pude notar la alarma silenciosa de sus palabras —enviadas a través de un vacío glacial de más de mil kilómetros— cuando me advirtió que debíamos apresurarnos y explorar la nueva y desconocida región lo antes posible. Ahora se disponía a descansar, tras un día de trabajo con prisas, tensiones y resultados casi sin precedentes.

Por la mañana tuve una conversación por radio con Lake y el capitán, cada cual en su base lejana, y acordamos que uno de los aviones de Lake volvería a recogernos a Pabodie, los cinco hombres y a mí, junto con todo el combustible que pudiera transportar. La cuestión de qué haríamos con el resto del combustible quedaría en suspenso unos días hasta que tomáramos una decisión sobre el viaje al este, pues de momento Lake tendría suficiente para las perforaciones y para calentar el campamento. Con el tiempo habría que reabastecer la vieja base sur, pero si posponíamos el traslado al este no la utilizaríamos hasta el verano siguiente, y entretanto Lake enviaría un avión a explorar una ruta directa entre las nuevas montañas y el estrecho de McMurdo.

Pabodie y yo nos dispusimos a cerrar nuestra base por un periodo corto o largo. Si invernábamos en la Antártida, probablemente volaríamos directamente desde la base de Lake hasta el Arkham sin volver a aquel lugar. Ya habíamos reforzado algunas de nuestras tiendas cónicas con bloques de nieve endurecida y decidimos completar la tarea y convertir el campamento en un poblado esquimal permanente. Gracias a que habíamos llevado muchas tiendas, Lake tenía consigo todo lo que necesitaría la base, incluso después de nuestra llegada. Le envié por radio un mensaje diciendo que Pabodie y yo estaríamos listos para viajar al noroeste tras un día de trabajo y una noche de descanso.

No obstante, a partir de las cuatro de la tarde no pudimos trabajar de manera continuada porque más o menos a esa hora Lake empezó a enviar mensajes de lo más extraordinarios y emocionantes. El día había empezado mal, pues un vuelo de reconocimiento sobre la superficie de las rocas más cercanas había mostrado una ausencia total de aquellos estratos arcaicos y primordiales que estaba buscando, y que tanto abundaban en los picos colosales que se alzaban a una tentadora distancia del campamento. La mayor parte de las rocas que había visto eran aparentemente areniscas jurásicas y comanchienses y esquistos del Pérmico y el Triásico, con esporádicos afloramientos de color negro brillante que recordaban a un carbón duro y pizarroso. Eso desanimó bastante a Lake, que había contado con desenterrar especímenes de más de quinientos millones de años de antigüedad. Estaba convencido de que, para encontrar la veta de pizarras arqueozoicas donde había hallado las extrañas marcas, tendría que hacer un largo viaje en trineo por las montañas hasta las empinadas laderas de esas cumbres gigantescas.

No obstante, había decidido hacer algunos sondeos en los alrededores como parte del programa general de la expedición; por ello montó el taladro y puso a trabajar a cinco hombres con él mientras los demás terminaban de instalar el campamento y reparaban el aeroplano averiado. Había escogido la roca visible más blanda —una arenisca situada a medio kilómetro del campamento— para tomar muestras, y el taladro hizo excelentes progresos sin necesidad de muchas voladuras. Sólo tres horas después, tras la primera explosión de importancia, se oyeron los gritos del equipo de perforación y el joven Gedney —que desempeñaba la función de capataz— llegó corriendo al campamento con la sorprendente noticia.

Habían llegado a una cueva. Tras los primeros sondeos, la arenisca había dado paso a una vena caliza comanchiense llena de diminutos fósiles de cefalópodos, corales, equinoideos y spirifera, con indicios ocasionales de esponjas silíceas y huesos de vertebrados marinos —probablemente de teleósteos, tiburones y ganoideos—. Eso ya tenía suficiente importancia de por sí, pues eran los primeros fósiles de vertebrados hallados por la expedición, pero cuando poco después la barrena del taladro atravesó el estrato y llegó a una especie de vacío, una nueva oleada de emoción recorrió a los excavadores. Una de las voladuras había puesto al descubierto el secreto subterráneo, y ahora, a través de la mellada abertura de un metro y medio de ancho y un metro de largo, se abría ante los ávidos investigadores una cavidad caliza poco profunda formada hacía más de cincuenta millones de años por el goteo de las aguas superficiales de un mundo tropical desaparecido.

La cavidad a la que habían llegado no tenía más de dos o dos metros y medio de profundidad, pero se extendía indefinidamente en todas las direcciones y una leve corriente de aire parecía indicar que formaba parte de un extenso sistema subterráneo. El techo y el suelo estaban cubiertos de grandes estalactitas y estalagmitas, algunas de las cuales se juntaban para formar columnas, pero lo más importante era el enorme depósito de conchas y huesos que en algunos sitios casi llegaban a tapar la cueva. Arrastrados desde desconocidas selvas de hongos y helechos mesozoicos arborescentes, y de bosques de cicas terciarias, palmeras y primitivas angiospermas, aquella mezcla de huesos contenía restos de más especies animales cretáceas, eocenas y de otros periodos geológicos de los que habría podido clasificar o identificar en un año el mejor de los paleontólogos. Moluscos, caparazones de crustáceos, peces, anfibios, reptiles, pájaros y mamíferos primitivos grandes y pequeños, conocidos y desconocidos. No es de extrañar que Gedney corriera al campamento dando gritos, ni que todos dejaran lo que estaban haciendo y corrieran desafiando el cortante frío hacia el lugar donde la torre de perforación señalaba un nuevo acceso al interior de la tierra y a eones desaparecidos.

Una vez aplacada la primera punzada de curiosidad, Lake garabateó un mensaje en su cuaderno y mandó al joven Moulton al campamento a enviarlo por radio. Fue la primera noticia que tuve del descubrimiento y hablaba de la identificación de conchas primitivas, huesos de ganoideos y placodermos, restos de laberintodontes y tecodontes, grandes fragmentos de cráneo de mosasaurios, vértebras y placas de dinosaurios, dientes y huesos de alas de pterodáctilos, excrementos de arqueoptérix, dientes de tiburón del Mioceno, cráneos de pájaros primitivos y cráneos, vértebras y otros huesos de mamíferos arcaicos como paleoterios, xifodontes, dinoceros, Eohippus, oreodontes y titanoterios. No hallaron restos de fauna más reciente como mastodontes, elefantes, camellos, ciervos o bóvidos, por lo que Lake concluyó que los últimos depósitos se habían producido durante el Oligoceno, y que la cueva llevaba en ese estado muerto e inaccesible al menos treinta millones de años.

Por otro lado, la prevalencia de formas de vida primitivas era muy singular. Aunque la formación caliza era, tal como demostraba la presencia de fósiles de ventriculites incrustados, clara e inconfundiblemente comanchiense y no anterior, los fragmentos sueltos de la cavidad incluían una sorprendente proporción de organismos hasta entonces considerados característicos de periodos mucho más antiguos, entre ellos peces rudimentarios, moluscos y corales de eras tan remotas como el Silúrico y el Ordovícico. La deducción inevitable era que en esa región del mundo se había producido una continuidad excepcional entre la vida de hace más de trescientos millones de años y la de hace sólo treinta millones de años. Hasta qué punto esa continuidad se había prolongado más allá del Oligoceno, cuando se cerró la cueva, era pura especulación. En cualquier caso, la llegada de la terrible glaciación del Pleistoceno, hacía unos quinientos mil años —prácticamente ayer si se compara con la edad de la cueva—, debió de poner fin a todas las formas primitivas que se las habían arreglado para sobrevivir más allá de su época.

Lake no se contentó con su primer mensaje, sino que escribió otro comunicado y lo envió a través de la nieve al campamento antes de que regresara Moulton. A partir de ese momento, Moulton se quedó en la radio de uno de los aviones y se dedicó a transmitirnos —a mí y al Arkham para informar al mundo exterior— los frecuentes mensajes que Lake le fue enviando con una sucesión de mensajeros. Quienes siguieran los periódicos recordarán la expectación que despertó entre los científicos aquella serie de noticias, las cuales han llevado finalmente, después de todos estos años, a la organización de la Expedición Starkweather-Moore que tanto interés tengo en desalentar. Vale más transcribir los mensajes literalmente, tal como los envió Lake y como los transcribió McTighe, el operador de radio de nuestra base, a partir de sus anotaciones taquigráficas.

Fowler ha hecho un descubrimiento de crucial importancia en fragmentos de arenisca y caliza procedentes de las voladuras. Varias huellas triangulares estriadas como las de las pizarras arqueozoicas que demuestran que la fuente sobrevivió desde hace más de seiscientos millones de años hasta el Comanchiense sin apenas sufrir cambios morfológicos ni disminuir su tamaño medio. Las huellas comanchienses son, en todo caso, más primitivas o decadentes que las más antiguas. Conviene subrayar la importancia del descubrimiento en la prensa. Supondrá para la biología lo que Einstein ha sido para las matemáticas y la física. Coincide con mis investigaciones previas y amplía mis conclusiones. Parece indicar, como yo sospechaba, que en la Tierra hubo un ciclo o ciclos de vida orgánica anteriores al que conocemos y que empieza con las células arqueozoicas. Evolucionó y se especializó hace no menos de mil millones de años, cuando el planeta era aún joven y hasta hacía poco inhabitable para cualquier forma de vida de estructura protoplásmica normal. La pregunta es cuándo, dónde y cómo se produjo ese desarrollo.

Más tarde. Al examinar ciertos fragmentos de esqueletos de saurios y mamíferos primitivos marinos y terrestres, hemos encontrado extrañas heridas o lesiones no atribuibles a ningún depredador o animal carnívoro de época alguna. Son de dos tipos: agujeros rectos y penetrantes e incisiones cortantes. Hay uno o dos casos de huesos seccionados limpiamente. No hay muchos especímenes afectados. He enviado a varios hombres al campamento a buscar linternas.

Extenderemos el área de búsqueda bajo tierra cortando las estalactitas.

Aún más tarde. Hemos encontrado un peculiar fragmento de esteatita de unos quince centímetros de ancho y cuatro centímetros de grosor totalmente distinto de cualquier formación de la zona. Es verdoso, pero sin indicios que permitan datarlo. De peculiar suavidad y regularidad. Tiene forma de estrella de cinco puntas con los extremos rotos e indicios de acanaladuras en los ángulos interiores y el centro de la superficie. Hay una suave depresión en el centro. Su posible origen y la erosión sufrida despiertan nuestra curiosidad. Probablemente se trate de una anomalía de la erosión del agua. Carroll ha creído detectar otras marcas de interés geológico con la lupa. Grupos de puntos minúsculos con un patrón regular. Los perros se muestran inquietos mientras trabajamos y parecen odiar esa esteatita. Debemos comprobar si tiene algún olor peculiar. Volveré a informar cuando llegue Mills con la luz e iniciemos la exploración subterránea.

22:15. Importante descubrimiento. Orrendorf y Watkins, trabajando bajo tierra a las nueve y cuarenta y cinco con la luz, han encontrado un fósil monstruoso en forma de barril y de naturaleza totalmente desconocida; probablemente vegetal a no ser que se trate de un ejemplar enormemente desarrollado de algún radiado marino desconocido. El tejido se ha conservado gracias a las sales minerales. Es duro como el cuero, pero sorprendentemente flexible en algunas partes. En los extremos y los lados hay marcas claras de partes rotas. Dos metros de punta a punta, un metro de diámetro central y se estrecha hasta los treinta centímetros de diámetro en los extremos. Recuerda un barril que tuviese aristas en lugar de duelas. En el ecuador de las aristas hay unos abultamientos laterales que parecen tallos más finos. Peines o alas que se pliegan y despliegan como abanicos. Todos están dañados menos uno, que extendido mide casi dos metros. Su disposición recuerda a ciertos monstruos de mitos primitivos, sobre todo a los fabulosos Seres Ancianos del Necronomicón. Las alas parecen membranosas y se extienden sobre una estructura de tubos glandulares. Se aprecian orificios diminutos en los tubos al extremo de las alas. Las puntas del cuerpo están arrugadas y no permiten ver el interior ni deducir qué se insertaba en ellas. Tendremos que diseccionarlo cuando volvamos al campamento. Imposible decidir si es animal o vegetal. Muchos rasgos evidencian un primitivismo casi increíble. He puesto a todo el mundo a cortar estalactitas y a buscar otros ejemplares. Hemos encontrado más huesos con incisiones, pero tendrán que esperar. Estamos teniendo dificultades con los perros. No soportan el nuevo ejemplar y probablemente lo harían pedazos si no los mantuviésemos a distancia.

23:30. Atención, Dyer, Pabodie, Douglas. Asunto de crucial —casi diría trascendental— importancia. El Arkham debe transmitirlo cuanto antes a la estación de Kingsport Head. El extraño ejemplar en forma de barril es el organismo arqueozoico que dejó las huellas en las rocas. Mills, Boudreau y Fowler han descubierto un grupo de otros trece en un saliente subterráneo a unos doce metros del acceso a la cueva. Están mezclados con fragmentos redondeados de esteatita más pequeños que el encontrado antes: con forma de estrella, pero sólo con algunas puntas rotas. Ocho de los especímenes orgánicos están aparentemente enteros, con todos los apéndices. Los hemos sacado a la superficie, tras alejar a los perros. No soportan esas cosas. Presten atención a la descripción y repitan para confirmar. Los periódicos deben recibirlo con la mayor exactitud posible.

Los objetos tienen dos metros y medio de longitud total. Cinco aristas de un metro y medio, dos metros de diámetro central y treinta centímetros de diámetro en los extremos. Color gris oscuro, flexibles y muy duros. Alas membranosas del mismo color y dos metros de extensión, que encontramos plegadas, insertadas en los canales entre las aristas. La estructura de las alas es tubular o glandular, de color gris más claro, con orificios en las puntas. Las alas abiertas tienen bordes aserrados. En torno al ecuador, en el centro de cada una de las aristas con forma de duela, hay cinco sistemas de brazos o tentáculos flexibles de color gris claro que estaban pegados al cuerpo pero pueden extenderse hasta una longitud máxima de un metro. Parecen los brazos de un crinoideo primitivo. Un tallo único de unos dos centímetros de diámetro se divide a los doce centímetros en cinco tallos, cada uno de los cuales se divide a su vez en cinco tentáculos o zarcillos, lo que da a cada tallo un total de veinticinco tentáculos.

En un extremo, un cuello bulboso de color gris más claro con una especie de branquias sostiene lo que parece ser una cabeza amarillenta con forma de estrella de mar de cinco puntas y cubierta de cilios ásperos de siete centímetros y diversos colores prismáticos. La cabeza es gruesa e hinchada y tiene unos sesenta centímetros de punta a punta, con unos tubos flexibles de ocho centímetros de longitud que se extienden desde cada punta. Justo en lo alto hay una acanaladura que probablemente sea una abertura respiratoria. Al final de los tubos hay una expansión esférica con una membrana amarillenta que revela un glóbulo vidrioso de iris rojizo, evidentemente un ojo. Cinco tubos rojizos un poco más largos salen de los ángulos interiores de la cabeza en forma de estrella de mar y terminan en una especie de saco del mismo color que, al presionarlo, se abre en forma de orificio con un diámetro máximo de cinco centímetros y afiladas proyecciones semejantes a dientes. Probablemente una boca. Todos los tubos, cilios y las puntas de la cabeza en forma de estrella estaban plegados hacia abajo, con los tubos y las puntas pegados al cuello bulboso y al cuerpo. Sorprendente flexibilidad a pesar de su enorme dureza.

Al otro extremo hay un tosco equivalente de las estructuras de la cabeza, aunque con funciones diferentes. Un pseudocuello bulboso sin branquias sostiene una base de cinco puntas. Brazos duros y musculosos de un metro y medio de longitud que se estrechan desde quince centímetros en la base hasta cuatro centímetros en la punta. En cada punta hay un extremo triangular membranoso de color verde y veinte centímetros de largo por quince de ancho. Es la aleta o pseudopie que ha dejado las huellas en rocas de entre mil millones y cincuenta o sesenta millones de antigüedad. De los ángulos interiores de la estrella salen tubos rojizos de sesenta centímetros que se afinan desde ocho centímetros en la base hasta dos centímetros y medio en la punta. Orificios en los extremos. Todas esas partes son correosas y de una dureza increíble, pero extremadamente flexibles. Los cuatro brazos con aletas sin duda se utilizaban para algún tipo de locomoción marina o de algún otro tipo. Al moverlos, se aprecian indicios de una exagerada musculatura. En el momento del hallazgo todas las proyecciones estaban plegadas sobre el pseudocuello y el cuerpo de forma similar a las del otro extremo.

Seguimos sin poder determinar si pertenece al reino animal o vegetal, pero parece más probable que se tratara de un animal. Es posible que represente a un radiado increíblemente evolucionado que conservó ciertos rasgos primitivos. A pesar de algunas pruebas contradictorias, las semejanzas con los equinodermos son inconfundibles. Las estructuras del ala resultan extrañas dado su probable hábitat marino, aunque tal vez sirvieran para la navegación en el agua. La simetría es curiosamente vegetal y recuerda la estructura vertical de los vegetales y no la anteroposterior de los animales. La época de su evolución, que precede incluso a la de los protozoos arqueozoicos más sencillos conocidos, impide cualquier conjetura respecto a su origen.

Los ejemplares completos guardan un parecido tan extraordinario con algunas criaturas de los mitos primigenios que la idea de que existiesen fuera de la Antártida parece inevitable. Dyer y Pabodie han leído el Necronomicón y han visto los alucinados cuadros de Clark Ashton Smith inspirados en dicho texto y sabrán a qué me refiero al aludir a los Seres Ancianos que se supone que crearon la vida en la Tierra por error o burla. Los estudiosos siempre han pensado que se concibieron basándose en una descripción morbosa e imaginativa de algún antiguo radiado tropical. También hay apéndices como en el culto a Cthulhu, similares a los de los seres del folclore prehistórico que ha descrito Wilmarth, etcétera.

Se abre un vasto campo de estudio. A juzgar por los ejemplares asociados, es probable que el yacimiento sea de finales del Cretácico o principios del Eoceno. Sobre ellos se han depositado enormes estalactitas. Cortarlas es una tarea laboriosa, pero su dureza ha impedido daños. El estado de conservación es milagroso y se debe sin duda a la acción de la caliza. Hasta el momento no hemos encontrado más, pero proseguiremos la búsqueda más tarde. Nuestra siguiente tarea será trasladar los catorce inmensos ejemplares al campamento sin los perros, que ladran furiosamente y no pueden dejarse cerca. Con nueve hombres —tres se quedarán a guardar a los perros— deberíamos poder manejar los trineos sin dificultad, aunque sopla mucho viento. Es necesario establecer comunicación con el estrecho de McMurdo y empezar a transportar el material. Pero antes de descansar quiero diseccionar una de esas cosas. Ojalá tuviese un laboratorio de verdad. Dyer se habrá arrepentido de haber intentado impedir mi viaje al oeste. Primero las montañas más altas del mundo y ahora esto. Si no estamos ante el mayor hallazgo de la expedición no sé qué será. Enhorabuena, Pabodie, por el taladro con el que hemos abierto la cavidad. Arkham, repita la descripción, por favor.

Las sensaciones que experimentamos Pabodie y yo al recibir aquel informe casi desafían cualquier descripción, y nuestros compañeros no nos fueron a la zaga en entusiasmo. McTighe, que había traducido a toda prisa unas cuantas frases según iba recibiéndolas, transcribió el mensaje entero a partir de la versión taquigráfica en cuanto la radio de Lake dejó de emitir. Todos comprendimos que se trataba de un descubrimiento crucial, y envié mis felicitaciones a Lake después de que el operador de radio del Arkham repitiera la descripción, tal como le habían pedido; Sherman y el capitán Douglas siguieron mi ejemplo desde el almacén en el estrecho de McMurdo y desde el Arkham. Después, como jefe de la expedición, añadí algunas observaciones para que el Arkham las emitiera al mundo exterior. Por supuesto, lo demás fueron absurdas especulaciones fruto de la emoción y mi único deseo era llegar cuanto antes al campamento de Lake. No pude ocultar mi frustración cuando recibimos un mensaje advirtiéndonos de que una tempestad en las montañas hacía imposible el transporte aéreo.

No obstante, al cabo de una hora y media el interés hizo que olvidase mi decepción. Lake continuó emitiendo mensajes y nos contó que habían trasladado con éxito los catorce grandes ejemplares al campamento. Había sido difícil porque eran increíblemente pesados, pero con nueve hombres había sido suficiente. Ahora unos cuantos estaban construyendo apresuradamente un recinto en la nieve donde poder dejar los perros para poder alimentarlos con más facilidad. Habían dejado todos los ejemplares sobre la nieve dura cerca del campamento, menos uno al que Lake estaba intentando practicar una rudimentaria disección.

Dicha disección estaba resultando más dificultosa de lo que habían imaginado, pues a pesar del calor de la estufa de gasolina de la tienda que habían levantado para albergar el laboratorio, los engañosamente flexibles tejidos del ejemplar escogido —uno fuerte e intacto— no perdieron su correosa dureza. Lake no sabía cómo hacer las incisiones necesarias sin recurrir a una violencia que podría destruir las delicadas estructuras que buscaba. Es cierto que disponía de otros siete ejemplares mejor conservados, pero eran demasiado pocos para estropearlos a la ligera, a no ser que la cueva proporcionase un suministro ilimitado. Por ello mandó que sacaran el ejemplar y pidió que le llevaran otro que, aunque conservaba restos de los apéndices en forma de estrella en ambos extremos, estaba muy aplastado y se había rajado por una de las grandes aristas del cuerpo.

Los resultados, rápidamente transmitidos por radio, fueron desconcertantes y misteriosos. Con unos instrumentos apenas capaces de cortar aquel tejido anómalo, Lake no pudo trabajar con precisión ni delicadeza, pero lo poco que pudo averiguar nos dejó perplejos y asombrados. Habría que revisar por entero la biología actual, pues aquel ser no era producto de ningún crecimiento celular del que la ciencia tuviese noticia. Apenas se había producido sustitución mineral, y a pesar de que posiblemente tuviese unos cuarenta millones de años los órganos internos estaban intactos. Su cualidad correosa, no deteriorable y casi indestructible era un atributo inherente a su forma de organización y pertenecía a un ciclo de evolución invertebrada paleógena que iba más allá de nuestra capacidad de especulación. Al principio, Lake sólo había encontrado tejidos secos, pero a medida que el calor de la tienda contribuyó a descongelarlos, notó una humedad orgánica de olor acre y desagradable en el lado intacto de aquel ser. No era sangre, sino un fluido espeso y verdoso que por lo visto tenía la misma función. Cuando llegó a esa fase de la disección, habían trasladado ya a los treinta y siete perros al recinto sin terminar cerca del campamento, e incluso a esa distancia se pusieron a ladrar enloquecidos y se mostraron inquietos ante el olor acre que impregnaba todo.

En lugar de contribuir a la clasificación de aquella extraña criatura, la disección provisional sirvió tan sólo para aumentar el misterio que la rodeaba. Todas las especulaciones sobre sus miembros externos habían sido correctas, y ante tales evidencias era difícil no considerarla un animal, pero la inspección de su interior reveló tantos rasgos vegetales que Lake se quedó totalmente confundido. Tenía aparato digestivo y circulatorio, y eliminaba los residuos por los tubos rojizos de la base en forma de estrella de mar. A primera vista daba la impresión de que su aparato respiratorio utilizaba oxígeno y no dióxido de carbono, y había extraños indicios de unas cámaras de acumulación de aire y de mecanismos para cambiar la respiración por el orificio externo a, por lo menos, otros dos sistemas de respiración completamente desarrollados: poros y branquias. Estaba claro que se trataba de un anfibio y lo más probable era que estuviese adaptado a pasar largos períodos de hibernación sin aire. Los órganos vocales parecían presentes y conectados al sistema respiratorio principal. El lenguaje articulado, en el sentido de una pronunciación silábica, parecía descartado, pero era muy probable que pudiese emitir un amplio rango de notas musicales. El sistema muscular estaba desarrollado de un modo casi sobrenatural.

El sistema nervioso era tan complejo y avanzado que dejó a Lake boquiabierto. Aunque en algunos aspectos era muy primitivo y arcaico, aquel ser tenía una serie de centros ganglionares y conectivos que sugerían un desarrollo extremo y especializado. El cerebro pentalobulado era sorprendentemente avanzado, y había indicios de un aparato sensorial, en el que participaban los duros cilios de la cabeza y otros factores desconocidos en cualquier otro organismo terrestre. Probablemente tuviese más de cinco sentidos, por lo que sus costumbres no podían deducirse a partir de ninguna analogía existente. Lake pensó que debía haber sido una criatura de enorme sensibilidad y funciones delicadamente diferenciadas en su mundo primigenio, muy similar a las hormigas y abejas de la actualidad. Se reproducía como las criptógamas, en particular las pteridofitas, tenía sacos de esporas en las puntas de las alas y evidentemente se desarrollaba a partir de un talo o protalo.

No obstante, era absurdo poner un nombre a esa fase. Parecía un radiado, pero estaba claro que era algo más. En parte era vegetal, pero tenía tres cuartas partes de la estructura esencial de un animal. Su perfil simétrico y otros atributos indicaban claramente un origen marino; sin embargo, era difícil precisar con exactitud el límite de sus adaptaciones posteriores. Al fin y al cabo, las alas parecían sugerir su adaptación al medio aéreo. Que hubiese podido evolucionar de un modo tan complejo en una Tierra apenas formada y hubiera dejado aquellas huellas en las rocas arqueozoicas resultaba tan inconcebible que Lake tuvo que recurrir a los mitos primigenios de los Grandes Ancianos llegados de las estrellas y que crearon la vida por error o a modo de broma, y a las absurdas historias de seres cósmicos del Exterior contados por un colega folclorista del departamento de inglés de Miskatonic.

Como es natural, consideró la posibilidad de que las huellas precámbricas las hubiese dejado un ancestro menos evolucionado que aquellos ejemplares, pero enseguida rechazó dicha teoría al reparar en las avanzadas características estructurales de los fósiles más antiguos. En todo caso, los últimos perfiles revelaban decadencia y no una evolución mayor. El tamaño del pseudopie había disminuido y la morfología general parecía más tosca y simplificada. Además, los nervios y órganos que acababa de examinar mostraban indicios de regresión a partir de formas aún más complejas. Había una sorprendente prevalencia de partes atrofiadas y vestigiales. En conjunto, puede decirse que no había resuelto gran cosa, y Lake volvió a recurrir a la mitología en busca de un nombre provisional para sus hallazgos y los denominó jocosamente «los Ancianos».

A eso de las dos y media de la madrugada decidió posponer su labor y descansar un poco, tapó con una lona impermeable el organismo diseccionado, salió de la tienda del laboratorio y observó los ejemplares intactos con renovado interés. El constante sol antártico había empezado a ablandar un poco sus tejidos, de modo que los extremos y los tubos de dos o tres mostraban indicios de estar desplegándose, pero Lake no creyó que hubiese peligro de descomposición a unas temperaturas en torno a -20° C. No obstante, juntó todos los ejemplares sin diseccionar y los cubrió con una tienda de campaña para que no les diese directamente el sol. Eso tal vez ayudara también a impedir que el olor llegase a los perros, cuya hostilidad e inquietud empezaba a ser un verdadero problema incluso a considerable distancia y detrás de las paredes cada vez más altas de nieve que un grupo de hombres estaban levantando en torno al recinto. Tuvo que sujetar las esquinas de la lona de la tienda con pesados bloques de nieve para que no se la llevara el viento que cada vez soplaba más fuerte, pues las titánicas montañas parecían a punto de enviarles una serie de rachas muy violentas. Los temores de Lake sobre los repentinos vientos antárticos se renovaron y, bajo la supervisión de Atwood, mandó reforzar con nieve las tiendas de campaña, el recinto para los perros y los toscos cobertizos de los aeroplanos levantados a resguardo de las montañas. Dichos cobertizos, construidos con bloques de hielo en los ratos libres, no eran ni mucho menos tan altos como deberían y Lake ordenó que todo el mundo se pusiera a trabajar en ellos.

Después de las cuatro, Lake se dispuso a cortar la transmisión y nos aconsejó que compartiéramos el descanso que iba a tomarse el grupo en cuanto las paredes de los cobertizos fuesen un poco más altas. Mantuvo una cordial conversación con Pabodie a través del éter, y repitió su felicitación por los maravillosos taladros que le habían ayudado a hacer su descubrimiento. Atwood también envió cumplidos y alabanzas. Felicité calurosamente a Lake, admití que había acertado en lo de la expedición al oeste y decidimos volver a comunicarnos por radio a las diez de la mañana. Si para entonces la tempestad había cesado, Lake enviaría un aeroplano a recoger al equipo de mi base. Justo antes de acostarme envié un último mensaje al Arkham con instrucciones de que no diese demasiados detalles al transmitir las noticias del día al mundo exterior, pues eran tan sorprendentes que sin duda despertarían una oleada de incredulidad a menos que pudiéramos aportar más pruebas.

III

Supongo que no dormimos mucho ni de un tirón esa mañana, pues nos lo impidieron tanto la emoción del descubrimiento de Lake como la furia creciente del viento. Tan violentas llegaron a ser las rachas, incluso donde nos encontrábamos nosotros, que no pudimos sino preguntarnos qué estaría sucediendo en el campamento de Lake, justo al pie de los vastos picos desconocidos donde se originaban. McTighe despertó a las diez en punto e intentó contactar con Lake por radio tal como habíamos acordado, pero alguna anomalía eléctrica en el aire por el oeste parecía impedir la comunicación. No obstante, pudimos hablar con el Arkham y Douglas me contó que también había intentado en vano contactar con Lake. No sabía nada del viento, pues apenas se notaba en el estrecho de McMurdo, a pesar de la fuerza constante con que soplaba en nuestro campamento.

A lo largo del día todos estuvimos pendientes de la radio e intentamos comunicarnos con Lake cada poco tiempo, pero sin resultados. A eso del mediodía sopló un viento del oeste verdaderamente desmedido que nos hizo temer por la seguridad del campamento, pero acabó amainando y, aunque volvió a levantarse a las dos de la tarde, a las tres en punto había cedido por completo, y redoblamos los esfuerzos por contactar con Lake. Teniendo en cuenta que disponía de cuatro aviones, provistos todos ellos de excelentes equipos de onda corta, resultaba inconcebible que un accidente hubiese inutilizado todos al mismo tiempo. No obstante, el pétreo silencio continuó y, al pensar en la demencial fuerza que debía de haber alcanzado el viento en su campamento, no pudimos sino hacer las más terribles conjeturas.

A las seis en punto nuestros temores eran ya más claros e intensos, y tras una conversación por radio con Douglas y Thorfinnssen decidí dar algún paso para averiguar lo sucedido. El quinto aeroplano, que habíamos dejado con Sherman y dos marineros en el almacén del estrecho de McMurdo, estaba listo para ser utilizado y daba la impresión de que nos hallábamos ante la emergencia para la que lo habíamos reservado. Llamé a Sherman por radio y le ordené que acudiera lo antes posible a la base sur con los dos marineros, ahora que las condiciones del viento parecían favorables. Después hablamos de quiénes formarían parte del grupo que iría a investigar y decidimos incluir a todo el mundo, junto con el trineo y los perros que habíamos dejado con nosotros. Era una carga considerable pero no para los gigantescos aviones construidos especialmente para transportar maquinaria pesada. De vez en cuando, seguí haciendo vanos intentos de comunicar con Lake por radio.

Sherman despegó con los marineros Gunnarsson y Larsen a las siete y media e informó varias veces durante el trayecto de que el vuelo estaba siendo tranquilo. Llegaron a la base a medianoche y debatimos nuestro siguiente movimiento. Volar sobre la Antártida con un único aeroplano sin bases intermedias era arriesgado, pero nadie se echó atrás ante lo que parecía una necesidad tan evidente. A las dos en punto, después de empezar a cargar el avión, hicimos una pausa para descansar un poco, pero cuatro horas más tarde nos levantamos y terminamos de cargar y estibar el material.

A las siete y cuarto del 25 de enero emprendimos el vuelo hacia el noroeste con McTighe a los mandos del avión, diez hombres, siete perros, un trineo, reservas de comida y de combustible y otros pertrechos, entre ellos la radio del avión. La atmósfera estaba tranquila y despejada y las temperaturas eran relativamente suaves, por lo que previmos pocas complicaciones para llegar a la latitud y longitud indicadas por Lake. Nos preocupaba lo que pudiéramos encontrar o no al final del viaje, pues nuestras llamadas seguían sin conseguir otra respuesta que el silencio.

Todos los incidentes de aquel vuelo de cuatro horas y media han quedado grabados en mi recuerdo por la crucial importancia que tuvo en mi vida. Señaló la pérdida, a los cincuenta y cuatro años, de la paz y el equilibrio propios de una inteligencia normal y derivados de una concepción normal de la naturaleza y sus leyes. A partir de ese momento los diez —aunque sobre todo el estudiante Danforth y yo— íbamos a enfrentarnos a un mundo horriblemente aumentado de horrores acechantes que ya nada podrá borrar de nuestro corazón, y que si pudiéramos no compartiríamos con el resto de la humanidad. Los periódicos han impreso los comunicados enviados desde el avión, informando de nuestro viaje sin escalas, de las dos ocasiones en que tuvimos que enfrentarnos a vientos traicioneros en las capas altas de la atmósfera, de la imagen fugaz de la superficie donde Lake había hecho sus primeras prospecciones a mitad de camino tres días antes y de los extraños y algodonosos cilindros de nieve descritos por Amundsen y Byrd que daban vueltas impulsados por el viento a través de las infinitas vastedades de la llanura helada. No obstante, llegó un momento en el que nuestras sensaciones dejaron de poder expresarse con palabras comprensibles para la prensa, y posteriormente nos vimos obligados a adoptar una estricta censura.

El marinero Larsen fue el primero en avistar la línea mellada de fantasmagóricos conos y pináculos, y sus gritos enviaron a todos a las ventanillas de la cabina del avión. A pesar de nuestra velocidad tardaron mucho tiempo en verse con nitidez, por lo que dedujimos que debían de estar lejísimos y sólo eran visibles por su enorme altura. En cualquier caso, poco a poco fueron alzándose en el cielo occidental y pudimos ver varias cimas peladas, negruzcas y desoladas, y apreciar la curiosa emoción que inspiraban bajo la rojiza luz antártica y el llamativo trasfondo de nubes iridiscentes de hielo en polvo. Todo el espectáculo producía una penetrante e insistente sensación de portentoso secreto y revelación contenida; como si aquellas agujas de pesadilla fuesen los pilares de una entrada temible a las esferas prohibidas del sueño y a los intrincados abismos de un tiempo, un espacio y una ultradimensionalidad remotísimos. Tuve la impresión de que eran perversas: unas Montañas de la Locura cuyas empinadas laderas se asomaban a un abismo maldito y definitivo. Aquel trasfondo de nubes por el que apenas se filtraba la luz sugería una inefable, vaga y etérea lejanía que iba más allá del espacio terrestre y nos recordaba constantemente el absoluto aislamiento, desolación y muerte de aquel insondable mundo austral jamás hollado hasta entonces.

Fue el joven Danworth quien llamó nuestra atención sobre la peculiar regularidad de los perfiles de las cimas, una regularidad como de fragmentos de cubos perfectos, a la que había aludido Lake en sus comunicados, y que sin duda justificaba su comparación con los oníricos templos en ruinas sobre nubosas cimas asiáticas pintados de un modo tan sutil y extraño por Roerich. De hecho había algo obsesivamente característico de Roerich en aquel continente extraterreno de montañosos misterios. Lo había notado en octubre cuando avistamos por primera vez Tierra Victoria, y volví a sentirlo entonces. Noté también otra oleada de desasosiego ante las semejanzas con los mitos arcaicos y el turbador parecido de ese reino mortífero con la infausta meseta de Leng en los escritos primigenios. Los mitólogos han situado Leng en Asia Central, pero la memoria racial del hombre —o de sus predecesores— es larga y podría ser que ciertos relatos procedan de montañas y templos del horror más antiguos que Asia y que el mundo que conocemos. Algunos místicos atrevidos han insinuado que los fragmentarios Manuscritos Pnakóticos pudieran ser prepleistocénicos, y han sugerido que los devotos de Tsathooggua eran tan ajenos a la humanidad como el propio Tsathooggua. Cualquiera que fuese su localización en el tiempo o en el espacio, yo no tenía ningún interés en estar cerca de Leng, y tampoco me hacía gracia la proximidad con un mundo que había dado lugar a unas monstruosidades tan ambiguas y arcaicas como las que había descrito Lake. En ese momento lamenté haber leído el detestable Necronomicón, o haber hablado tanto con Wilmarth, el desagradable y erudito folclorista de la universidad.

Aquel estado de ánimo sin duda contribuyó a agravar mi reacción ante el extraño espejismo que surgió ante nosotros bajo el cénit cada vez más opalescente a medida que nos acercábamos a las montañas y empezábamos a distinguir las ondulaciones en las laderas. Las semanas anteriores había visto docenas de espejismos polares, algunos igual de vívidos y extraordinarios, pero éste tenía un simbolismo nuevo y amenazador, y me estremecí al ver asomar entre los vapores del hielo aquel laberinto de muros, torres y minaretes descomunales por encima de nuestras cabezas.

El efecto era el de una ciudad ciclópea de arquitectura desconocida para el hombre o la imaginación humana, con inmensos agregados de mampostería negra que formaban monstruosas perversiones de las leyes geométricas y conseguían extremos grotescos de siniestra extravagancia. Había conos truncados, a veces escalonados o estriados, coronados por columnas cilíndricas engrosadas por bulbosidades aquí y allá y a menudo rematadas por gradas de discos finamente festoneados, y extraños salientes tabulados que parecían pilas de losas rectangulares, placas circulares, o estrellas de cinco puntas sobrepuestas unas a otras. Había conos y pirámides compuestos, que aparecían aislados o coronando cilindros, cubos, conos y pirámides truncados, y a veces pináculos como agujas en extraños grupos de cinco. Todas esas febriles estructuras parecían unidas por puentes tubulares que iban de una a otra a alturas de vértigo, y la escala del conjunto resultaba aterradora y opresiva a fuer de gigantesca. En general, el espejismo no era distinto de algunas de las formas más descabelladas observadas y dibujadas por el ballenero ártico Scoresby en 1820, pero en ese momento y lugar, con aquellos picos oscuros y desconocidos alzándose extraordinariamente ante nosotros, con aquel mundo anómalo y primitivo en la imaginación y el velo de una probable catástrofe envolviendo al grueso de nuestra expedición, todos creímos notar en él un aura de malignidad latente y de augurios de una maldad inconcebible.

Me alegré cuando el espejismo empezó a desdibujarse, aunque al hacerlo aquellas torres y conos de pesadilla adoptaron temporalmente formas aún más horrorosas. Cuando toda la ilusión se desvaneció entre la luz opalina, empezamos a mirar al suelo y vimos que estábamos cerca de nuestro destino. Las montañas desconocidas se alzaban hasta alturas vertiginosas como una temible muralla de gigantes y mostraban sus curiosas regularidades con sorprendente claridad incluso sin la ayuda del catalejo. Estábamos sobrevolando sus estribaciones y entre la nieve, el hielo y los lugares despejados de la meseta principal vimos un par de manchas oscuras que supusimos que serían el campamento y las prospecciones de Lake. Otras montañas más altas se alzaban unos diez kilómetros más adelante, formando una cordillera que parecía separada de la aterradora línea de picos más altos que el Himalaya que había detrás. Por fin Ropes —el estudiante que había relevado a McTighe a los mandos del avión— inició el descenso hacia la mancha oscura que había a la izquierda y que, a juzgar por su tamaño, debía de ser el campamento. Al hacerlo, McTighe envió por radio el último mensaje sin censurar de nuestra expedición.

Por supuesto, todo el mundo ha leído los breves e insuficientes comunicados del resto del tiempo que pasamos en la Antártida. Unas horas después del aterrizaje enviamos un cauto informe describiendo la tragedia que encontramos, y anunciamos con enorme disgusto la pérdida de todo el grupo de Lake causada por la terrible tempestad del día o la noche anteriores. Once muertos identificados y el joven Gedney desaparecido. La gente disculpó nuestra nebulosa falta de detalles porque se hizo cargo de la impresión que debía de habernos causado un suceso tan triste, y nos creyó cuando dijimos que la acción del viento había hecho imposible la recuperación de los cadáveres. De hecho, me alegra pensar que, a pesar de tanta desolación, perplejidad y un horror que atenazaba el alma, apenas faltamos a la verdad. Lo verdaderamente significativo fue lo que no nos atrevimos a contar, y que tampoco contaría ahora si no fuese para prevenir a otros de unos terrores innombrables.

Es cierto que el viento había causado espantosos destrozos. Es más que dudoso que hubiesen podido sobrevivir, incluso sin lo otro. La tormenta, con su enloquecida furia de partículas de hielo impulsadas por el viento, debió de superar a cualquier otra con la que nos hubiésemos enfrentado hasta entonces. Uno de los cobertizos de los aviones —por lo visto, no estaban suficientemente reforzados— quedó prácticamente reducido a polvo, y la torre de perforación estaba hecha pedazos. El metal de los aviones y de la maquinaria del taladro estaba bruñido por la abrasión, y encontramos dos de las tiendas más pequeñas en el suelo a pesar de los parapetos de nieve. Las superficies de madera que habían estado expuestas al viento estaban picadas y desprovistas de pintura y todo rastro de huella en la nieve había desaparecido. También es cierto que no encontramos ninguno de los ejemplares biológicos arqueozoicos en condiciones. Recogimos algunos minerales de una enorme pila, entre ellos varios de aquellos fragmentos verdosos de esteatita cuya forma de estrella de cinco puntas y leves marcas de puntos habían motivado tantas dudosas comparaciones, y algunos huesos fosilizados entre los que se encontraban los ejemplares más característicos y curiosamente dañados.

Ninguno de los perros sobrevivió, el recinto de nieve construido a toda prisa cerca del campamento estaba casi destruido. Es posible que fuese la acción del viento, aunque un agujero por la parte del campamento, que quedaba a resguardo del viento, parecía indicar que los propios animales debían de haberlo excavado en un frenético intento por salir de él. Los tres trineos habían desaparecido y supusimos que el viento los había empujado hacia lo desconocido. El taladro y la maquinaria para fundir el hielo estaban demasiado dañados para intentar salvarlos, así que los utilizamos para tapar aquella sutilmente turbadora entrada al pasado que había abierto Lake.

También dejamos en el campamento los dos aviones más estropeados, pues sólo nos quedaban cuatro pilotos en el equipo —Sherman, Danforth, McTighe y Ropes— y Danforth tenía los nervios tan destrozados que apenas podía pilotar. Trajimos de vuelta todos los libros, el material científico y los pertrechos que pudimos encontrar, aunque la mayor parte habían sido inexplicablemente arrastrados por el viento. Las tiendas sobrantes y las pieles habían desaparecido o estaban demasiado estropeadas.

Eran más o menos las cuatro de la tarde cuando, tras un largo vuelo de reconocimiento que nos llevó a dar a Gedney por desaparecido, enviamos nuestro cauto mensaje al Arkham para que lo retransmitiese, y creo que hicimos bien al afectar toda la calma y circunspección posibles. A lo único que nos atrevimos fue a aludir al nerviosismo demostrado por los perros, cuya frenética inquietud ante la proximidad de los ejemplares biológicos era de esperar por lo que había contado el pobre Lake. Creo recordar que no mencionamos que demostraron la misma inquietud al husmear entre las extrañas esteatitas verdosas y algunos otros objetos, entre los que había parte del instrumental científico, los aeroplanos y la maquinaria del campamento y del lugar donde se habían hecho los sondeos, y cuyas piezas habían aflojado, movido o manipulado unos vientos que debían de haber tenido una peculiar curiosidad y ganas de investigar.

Respecto a los catorce ejemplares biológicos, debe perdonársenos que fuésemos tan imprecisos. Dijimos que los únicos que habíamos encontrado estaban dañados, pero que quedaba lo suficiente para demostrar que la descripción de Lake había sido completa y muy exacta. Tuvimos que hacer un esfuerzo para contener nuestras impresiones personales sobre el asunto, y no dimos números ni dijimos exactamente cómo los habíamos encontrado. Habíamos acordado no transmitir nada que pudiera interpretarse como un acto de locura por parte de los hombres de Lake, y sin duda parecía una locura encontrar seis monstruosidades imperfectas cuidadosamente enterradas de pie en tumbas excavadas en la nieve a tres metros de profundidad bajo montículos con cinco puntas, perforados con marcas agrupadas según la misma pauta de las extrañas esteatitas verdosas de la época Mesozoica o Terciaria. Los ocho especímenes en perfecto estado de conservación a los que había aludido Lake parecían haber sido arrastrados por el viento.

También procuramos conservar la paz de espíritu de la gente, por eso Danforth y yo apenas dijimos nada del espantoso viaje que hicimos al otro lado de las montañas al día siguiente. El hecho de que sólo con el avión casi vacío fuese posible sobrevolar una cordillera de semejante altura limitó por suerte el vuelo de reconocimiento a nosotros dos. A nuestro regreso a la una de la madrugada. Danforth se hallaba al borde de la histeria, aunque supo guardar admirablemente las apariencias. No me costó convencerle de que no mostrara nuestros bocetos y las demás cosas que llevábamos en los bolsillos, de que dijera a los demás sólo lo que habíamos acordado transmitir al exterior, o de que ocultara las películas de la cámara para revelarlas en privado, por lo que parte de lo que me dispongo a contar será tan nuevo para Pabodie, McTighe, Ropes, Sherman y los demás como para el mundo en general. De hecho, Danforth calla aún más que yo, pues vio —o creyó ver— algo que no me ha contado ni siquiera a mí.

Como todos saben, nuestro comunicado incluyó el relato de nuestra dificultosa ascensión, la confirmación de la opinión de Lake de que los picos eran pizarras arqueozoicas y otros plegamientos de estratos muy antiguos que no habían sufrido cambios desde mediados del Comanchiense, un convencional comentario sobre la regularidad de las formaciones de cubos y murallas, la decisión de que las entradas a las cuevas indicaban venas calcáreas disueltas, la conjetura de que ciertas laderas y pasos permitirían atravesar toda la cordillera a unos montañeros expertos, y la observación de que al otro lado había una alta e inmensa supermeseta tan antigua e inmutable como las propias montañas, de unos seis mil metros de altura, con grotescas formaciones rocosas que asomaban a través de una fina capa glacial y con unas estribaciones que se alzaban entre la superficie de la meseta y los vertiginosos precipicios de los picos más altos.

Todos estos datos son ciertos y bastaron para contentar a los hombres del campamento. Atribuimos nuestra ausencia de dieciséis horas —más de lo que anunciamos que durarían el vuelo, el aterrizaje, la exploración y la recogida de rocas— a la larga duración de unos imaginarios vientos adversos, y fuimos sinceros con respecto a nuestro aterrizaje al pie de las montañas. Por suerte, nuestra historia sonó lo bastante prosaica y realista para no tentar a ninguno de los otros a emular nuestro vuelo, de lo contrario, habría tenido que recurrir a toda mi capacidad de persuasión para impedírselo y no sé lo que habría hecho Danforth. Mientras estuvimos fuera, Pabodie, Sherman, Ropes, McTighe y Williamson habían estado trabajando sin parar en los dos aeroplanos en mejor estado, y habían conseguido repararlos a pesar de las inexplicables manipulaciones sufridas por los motores.

Decidimos cargar todos los aviones a la mañana siguiente y regresar lo antes posible a nuestra antigua base. Aunque indirecta, era la ruta más segura hacia el estrecho de McMurdo, pues un vuelo en línea recta a través de las extensiones desconocidas de un continente que llevaba muerto desde hacía eones supondría muchos riesgos adicionales. Continuar la exploración apenas parecía factible después de haber sido diezmados tan trágicamente y de haber perdido el equipo de perforación, y las dudas y los horrores que nos rodeaban —y que no llegamos a revelar— sólo nos impulsaban a escapar de aquel mundo austral de desolación y amenazadora locura tan deprisa como pudiésemos.

Como sabe la gente, regresamos al mundo sin sufrir más percances. Los aviones llegaron a la antigua base la noche del día siguiente —el 27 de enero— tras un cómodo vuelo sin escalas; y el 28 llegamos al estrecho de McMurdo en dos etapas, después de una breve parada debida a un timón estropeado por el fuerte viento que soplaba sobre el saliente de hielo al dejar atrás la gran meseta. Cinco días después, el Arkham y el Miskatonic, con todos los hombres y el equipo a bordo, dejaban atrás el cada vez más grueso banco de hielo y ponían rumbo al mar de Ross con las burlonas montañas de Tierra Victoria recortándose por el oeste bajo el turbulento cielo antártico y el viento que no paraba de gemir con un amplio rango de silbidos musicales capaces de helarle el alma a cualquiera. Menos de quince días después dejamos atrás el último atisbo de tierras polares, y dimos gracias al cielo por haber abandonado un reino maldito y embrujado donde la vida y la muerte, el tiempo y el espacio, habían hecho siniestras y blasfemas alianzas en las épocas desconocidas en que la materia se retorcía y flotaba sobre la corteza apenas solidificada del planeta.

Desde nuestro regreso todos nos hemos esforzado en desaconsejar cualquier expedición antártica y hemos callado ciertas dudas y conjeturas con loables unanimidad y fidelidad. Ni siquiera el joven Danforth, a pesar de su crisis nerviosa, ha vacilado ni revelado nada a los médicos. De hecho, como he dicho ya, hay algo que creyó ver y que no me ha contado ni siquiera a mí, aunque estoy convencido de que si lo hiciera mejoraría su estado psicológico. Podría explicar muchas cosas y suponer un gran alivio, aunque es posible que se tratase sólo de la consecuencia ilusoria de una impresión anterior. Ésa al menos es la sensación que tengo después de los raros momentos irresponsables en los que murmura cosas inconexas, que niega con vehemencia en cuanto vuelve a dominarse.

Será difícil disuadir a otros de que viajen al gran sur blanco, y algunos de nuestros esfuerzos podrían perjudicar nuestra causa al llamar su atención. Deberíamos haber sabido desde el principio que la curiosidad humana es inmortal y que los resultados que anunciamos bastarían para acicatear a otros en la eterna búsqueda de lo desconocido. Los informes de Lake sobre esas monstruosidades biológicas habían despertado el interés de biólogos y paleontólogos, aunque tuvimos la sensatez de no exhibir los fragmentos de los ejemplares enterrados ni las fotografías de cómo los habíamos encontrado. Tampoco mostramos los misteriosos huesos cubiertos de cicatrices ni las esteatitas verdosas, y Danworth y yo hemos guardado celosamente las fotos y los bocetos que hicimos en la supermeseta al otro lado de la cordillera, así como las cosas arrugadas que alisamos, examinamos aterrorizados y nos llevamos en los bolsillos. Pero ahora el grupo de Starkweather-Moore se está organizando con mucha más minuciosidad que nuestro equipo, y si nadie los desanima, llegarán al centro mismo de la Antártida y fundirán y perforarán el hielo hasta sacar a la luz algo que podría acabar con el mundo tal como lo conocemos. Por ello debo dejar a un lado mis reticencias, incluso sobre aquella cosa definitiva e innombrable al otro lado de las Montañas de la Locura.

IV

Sólo con mucha vacilación y repugnancia consigo obligar a mi imaginación a volver al campamento de Lake, a lo que verdaderamente encontramos allí y a aquella otra cosa detrás de la horrible barrera de montañas. Constantemente me siento tentado de no entrar en detalles y dejar que las insinuaciones sustituyan a la verdad y las deducciones ineludibles. Espero haber dicho ya bastante para pasar brevemente por alto lo demás, y con eso me refiero al horror del campamento. He hablado de los destrozos del viento, de los daños en los cobertizos, de la maquinaria hecha pedazos, de la inquietud de nuestros perros, de los trineos y demás objetos desaparecidos, de la muerte de los hombres y los perros, de la desaparición de Gedney y de los seis especímenes absurdamente enterrados, cuyos tejidos estaban tan extrañamente conservados a pesar de los daños estructurales, y procedentes de un mundo que llevaba muerto cuarenta millones de años. No recuerdo si he contado que al examinar los cadáveres de los perros vimos que faltaba uno. No le dimos importancia hasta después…, de hecho, sólo Danforth y yo se la dimos.

Los principales detalles que he callado se refieren a los cadáveres y a ciertos puntos sutiles que podrían ofrecer o no una espantosa e increíble explicación a aquel caos aparente. En aquel momento intenté que los hombres no repararan en ellos, pues era mucho más sencillo —mucho más normal— atribuir todo a un brote de locura sufrido por alguien del equipo de Lake. A juzgar por cómo había quedado todo, aquel diabólico viento de las montañas habría bastado para volver loco a cualquiera a quien hubiese sorprendido en mitad de todos los misterios y desolaciones del planeta.

La mayor anomalía, por supuesto, fue el estado en que se hallaban los cadáveres, tanto los de los hombres como los de los perros. Daba la impresión de que se hubiesen visto implicados en una lucha terrible y los hubiesen retorcido y desgarrado con un ensañamiento feroz e inexplicable. La muerte, por lo que pudimos ver, había sido en todos los casos por laceración o estrangulamiento. Sin duda, el tumulto lo habían iniciado los perros, pues a juzgar por las condiciones en que se hallaba el mal construido recinto era evidente que lo habían derribado a la fuerza desde dentro. Lo habían levantado a cierta distancia del campamento debido a la aversión que sentían los animales por aquellos infernales organismos arqueozoicos, pero sus precauciones parecían haber sido vanas. Al verse abandonados en mitad de aquel viento monstruoso detrás de unas finas paredes de altura insuficiente, debían de haber huido, aunque es imposible saber si del viento mismo o de algún olor sutil que fue volviéndose cada vez más intenso y que despedían los ejemplares de pesadilla. Dichos especímenes, aunque tapados con una lona, habían estado expuestos largo tiempo al bajo sol antártico, y Lake había dicho que el calor solar tendía a hacer que los extrañamente intactos y duros tejidos de aquellas cosas se relajaran y expandieran. Tal vez el viento había arrancado la lona y los había movido de modo que su olor acre se había vuelto más intenso a pesar de su increíble antigüedad.

Fuera lo que fuese lo sucedido, era horrible y repugnante. Quizá sea mejor dejarse de remilgos y contarlo de una vez por todas…, pero antes quiero dejar claro que, según nuestras observaciones de primera mano y las rigurosas deducciones tanto de Danforth como mías, el desaparecido Gedney no tuvo nada que ver con los odiosos horrores que encontramos. He dicho que los cadáveres estaban espantosamente mutilados. Debo añadir que algunos tenían incisiones y estaban descarnados de un modo extraño, insensible e inhumano; tanto los perros como las personas. A los más sanos y corpulentos, fuesen cuadrúpedos o bípedos, una especie de carnicero meticuloso les había arrancado grandes masas de tejido, y en torno a ellos había unas extrañas salpicaduras de sal, sacada de los baúles de los aviones, que despertaban las más horribles asociaciones. Todo había sucedido en uno de los toscos cobertizos del que habían sacado el avión, y el viento había borrado cualquier indicio que hubiese podido proporcionarnos una teoría creíble. Las prendas de ropa desperdigadas y brutalmente rasgadas a causa de las incisiones no aportaron ninguna prueba. Es inútil evocar la impresión que nos produjeron las huellas apenas visibles que encontramos en un rincón, porque sin duda estaba influida por lo que le habíamos oído decir al pobre Lake las semanas anteriores acerca de las huellas fósiles. Uno tenía que tener mucho cuidado con lo que pensaba a la sombra de aquellas imponentes Montañas de la Locura.

Como he contado, al final dimos por desaparecidos a

Gedney y a uno de los perros. Cuando llegamos a aquel terrible cobertizo, faltaban dos hombres y dos perros, pero la tienda casi intacta donde habían tenido lugar las disecciones, y donde entramos tras inspeccionar las tumbas monstruosas, aún tenía algo que revelarnos. No estaba tal como Lake la había dejado, pues habían quitado de la mesa improvisada los trozos de la monstruosidad primigenia. De hecho, ya habíamos reparado en que uno de los seis seres absurdamente enterrados que habíamos encontrado —el que dejaba aquel rastro de un olor particularmente desagradable— era el mismo que había intentado analizar Lake. Sobre la mesa del laboratorio había otras cosas, y no tardamos en percatarnos de que eran trozos cuidadosa a inexpertamente diseccionados de un hombre y un perro. No desvelaré la identidad del hombre para ahorrar sufrimientos a los supervivientes. El instrumental anatómico de Lake había desaparecido, pero estaba claro que lo habían limpiado con sumo cuidado. También había desaparecido la estufa de gasolina, aunque encontramos muchas cerillas desperdigadas. Enterramos los fragmentos humanos junto a los otros diez hombres, y los trozos de perro con los treinta y cinco canes. Las extrañas manchas que encontramos en la mesa del laboratorio y los libros ilustrados que había desperdigados alrededor nos dejaron demasiado perplejos para hacer especulaciones.

Fue el peor de los horrores del campamento, pero había otras cosas no menos desconcertantes. La desaparición de Gedney, de uno de los perros, de los ocho ejemplares biológicos intactos, de los tres trineos y de ciertos instrumentos, libros científicos e ilustrados, material de escritura, baterías y linternas, comida y combustible, aparatos de calefacción, tiendas de reserva, trajes de pieles y otros objetos desafiaba cualquier conjetura razonable; igual que las manchas de tinta en varios pedazos de papel, y las pruebas de que alguien había manipulado y toqueteado los aviones y los demás artefactos mecánicos tanto del campamento como de la zona de las prospecciones. Los perros parecían tener aversión a toda aquella maquinaria extrañamente desmontada. Y luego estaba el desorden de la despensa, la desaparición de determinados víveres de primera necesidad y los ridículos montones de latas abiertas por los sitios más inverosímiles. La profusión de cerillas desperdigadas, intactas, rotas y usadas constituía otro enigma menor; igual que las dos o tres lonas de las tiendas y los trajes de pieles que encontramos tirados por ahí con tajos peculiares e insólitos probablemente debidos a torpes intentos de darles formas inimaginables. El maltrato de los cadáveres humanos y caninos y el enterramiento de los ejemplares arqueozoicos dañados estaban en consonancia con aquella aparente locura desquiciada. Previendo una eventualidad como la actual, tomamos fotografías de las principales pruebas de aquel caos demencial del campamento y las utilizaremos para reforzar nuestras súplicas en contra de la partida de la Expedición Starkweather Moore.

Lo primero que hicimos tras encontrar los cadáveres en el cobertizo fue fotografiar y abrir la fila de absurdas tumbas bajo los montículos de nieve en forma de estrella de cinco puntas. No pudimos sino reparar en el parecido de aquellos montículos monstruosos con los grupos de puntos y las descripciones que había hecho el pobre Lake de las esteatitas verdosas, y cuando hallamos algunas de ellas entre la gran pila de minerales comprobamos que el parecido era ciertamente notable. Conviene señalar que todo recordaba a la cabeza estrellada de las entidades arqueozoicas, y estuvimos de acuerdo en que el grupo de Lake debía de haber estado tan exhausto que se habría dejado sugestionar por dicho parecido. La primera vez que vimos dichas entidades enterradas fue un momento horrible, y tanto Pabodie como yo no pudimos sino recordar algunos de los mitos primigenios de los que habíamos leído y oído hablar. Coincidimos en que la simple y continuada presencia de aquellas cosas debió de contribuir junto con la opresiva soledad polar y las diabólicas montañas a que el grupo de Lake enloqueciera.

Porque la locura —atribuida a Gedney por ser el único superviviente posible— fue la explicación que aceptamos todos espontáneamente, al menos de palabra; aunque no seré tan ingenuo de negar que todos debimos de imaginar descabelladas suposiciones que la cordura nos impidió formular con claridad. Esa tarde Sherman, Pabodie y McTighe hicieron un exhaustivo vuelo de reconocimiento sobre todo el territorio circundante y barrieron el horizonte con los prismáticos en busca de Gedney y los distintos objetos desaparecidos, pero no apareció nada. El grupo informó de que la titánica cordillera se alzaba por igual a izquierda y derecha hasta donde se perdía la vista, sin la menor disminución en su altura o su estructura básica. No obstante, en algunos de los picos la regularidad de las formaciones cúbicas y amuralladas era más clara y su parecido con las ruinas de las montañas asiáticas pintadas por Roerich doblemente llamativo. La distribución de las misteriosas cuevas en las insólitas cumbres desprovistas de nieve parecía más o menos regular en la parte visible de las montañas.

A pesar del horror dominante, conservamos suficiente celo científico y espíritu de aventura para preguntarnos por el reino desconocido que había detrás de aquellas misteriosas montañas. Tal como contamos en nuestros cautos comunicados, a medianoche nos fuimos a descansar después de un día de terror y desconcierto, pero no sin antes haber esbozado el plan para llevar a cabo a la mañana siguiente uno o más vuelos a gran altura en un avión casi vacío con una cámara aérea y el equipo geológico. Decidimos que Danforth y yo seríamos los primeros y nos levantamos a las siete de la mañana para emprender el primer vuelo, aunque el fuerte viento —citado en nuestros breves boletines al mundo exterior— retrasó nuestra partida hasta casi las nueve en punto.

Ya he hablado de la vaga historia que contamos a los hombres del campamento —y que transmitimos por radio al exterior— a nuestro regreso dieciséis horas más tarde. Mi terrible deber es ampliar ese relato rellenando los piadosos huecos con insinuaciones de lo que vimos realmente en aquel reino oculto y ultramontano, insinuaciones de los hallazgos que han llevado a Danforth al colapso nervioso. Ojalá se decida a hablar con franqueza de lo que creyó ver —pese a que probablemente se tratase de una ilusión fruto del nerviosismo— y fue la gota que colmó el vaso y lo sumió en su actual estado; pero se niega en redondo. Lo único que puedo hacer es repetir los balbuceos inconexos sobre lo que le hizo ponerse a chillar mientras el avión se elevaba por el paso entre las montañas torturadas por el viento, después de la terrible impresión, tangible y real, sufrida por ambos. Ésa será mi última palabra. Si los claros indicios de la supervivencia de unos horrores antiguos que voy a revelar no son suficientes para disuadir a otros de viajar al interior de la Antártida —o al menos de escarbar a demasiada profundidad en la superficie de aquel desierto desolado y definitivo de secretos prohibidos e inhumanos, maldito desde hace eones—, la responsabilidad de unos males innombrables y tal vez inconmensurables no será mía.

Danforth y yo, tras estudiar las notas hechas por Pabodie en su vuelo vespertino y hacer varias comprobaciones con el sextante, calculamos que el paso más accesible de la cordillera estaba a nuestra derecha, a la vista del campamento, y se alzaba a unos siete mil o siete mil quinientos metros por encima del nivel del mar. De modo que decidimos emprender nuestro viaje de exploración y poner rumbo hacia allí después de aligerar el avión al máximo. El campamento se hallaba en las estribaciones de la alta meseta continental a unos tres mil quinientos metros de altitud, por lo que no era necesario salvar tanta altura como podría parecer. Aun así reparamos en el frío intenso y el aire enrarecido a medida que ascendíamos, pues a fin de aumentar la visibilidad tuvimos que dejar abiertas las ventanillas de la cabina. Íbamos, claro, abrigados con las pieles más gruesas.

Al acercarnos a los imponentes picos, negros y siniestros por encima de la línea de la nieve surcada de grietas y glaciares intersticiales, reparamos una vez más en las formaciones curiosamente regulares que se aferraban a las laderas, y volvimos a pensar en los extraños cuadros asiáticos de Nikolái Roerich. Los arcaicos estratos erosionados por el viento confirmaron todos los comunicados de Lake, y demostraron que aquellos antiquísimos pináculos se habían alzado exactamente igual que ahora desde épocas sorprendentemente tempranas en la historia de la Tierra…, tal vez más de cincuenta millones de años. Era inútil especular acerca de la altura que debían de haber tenido entonces, pero todo en aquella extraña región apuntaba a misteriosas influencias atmosféricas opuestas al cambio, calculadas para retrasar los procesos climáticos normales de desintegración de la roca.

Pero lo que más nos turbó y fascinó fue la maraña de cubos regulares, murallas y cuevas. La observé con un catalejo y tomé fotografías aéreas mientras Danforth pilotaba, y —pese a que mis conocimientos de aviación no superaban los de un aficionado— a veces le sustituí a los mandos para que pudiera echar un vistazo con los prismáticos. Vimos sin dificultad que estaba formada en su mayor parte por una cuarcita arqueozoica de color blancuzco, a diferencia de cualquier otra formación visible sobre la superficie, y que su regularidad era extraordinaria, hasta extremos que el pobre Lake apenas había llegado a sospechar.

Tal como había dicho, los bordes estaban desgastados y redondeados por eones de brutal erosión, pero su solidez sobrenatural y la dureza del material la había preservado de la destrucción. Muchas partes, sobre todo las más cercanas a la ladera, parecían ser idénticas a la superficie de la roca. Toda su disposición recordaba a las ruinas del Machu Picchu en los Andes, o a las primitivas murallas de Kish, excavadas por la Expedición Oxford-Field en 1929; y tanto Danforth como yo tuvimos a veces la impresión de que había bloques ciclópeos separados, tal como había dado a entender Carroll, el compañero de vuelo de Lake. No supe cómo explicar algo semejante en aquel lugar y me sentí extrañamente humillado como geólogo. Las formaciones ígneas producen en ocasiones extrañas regularidades —como la famosa Calzada de los Gigantes, en Irlanda—, pero aquella imponente cordillera era ante todo de estructura no volcánica, a pesar de la sospecha inicial de Lake de que había conos humeantes.

Las curiosas cuevas, que parecían más abundantes en las proximidades de aquellas extrañas formaciones, planteaban otro misterio menor por la regularidad de sus perfiles. Eran, como había dicho Lake en su comunicado, aproximadamente cuadradas o semicirculares; como si alguna mano mágica hubiese dado mayor simetría a los orificios naturales. Su número y amplia distribución eran notables, y parecían sugerir que toda la región era una colmena de túneles disueltos en los estratos calizos. Apenas pudimos vislumbrar el interior de las cavernas, pero vimos que en apariencia estaban desprovistas de estalactitas y estalagmitas. Fuera, las partes de la ladera cercanas a la entrada de las cuevas eran invariablemente lisas y regulares; y Danforth creyó apreciar que las leves grietas y agujeros producidos por la erosión seguían extrañas pautas. Impresionado como estaba por los horrores y misterios descubiertos en el campamento, insinuó que los agujeros se parecían vagamente a los extraños grupos de puntos de las esteatitas verdosas, horriblemente imitadas en los absurdos montículos de nieve sobre las seis monstruosidades enterradas.

Poco a poco habíamos ido ganando altura sobre las estribaciones de las montañas hasta poner rumbo al paso que habíamos seleccionado. A medida que avanzábamos íbamos observando el hielo y la nieve de la ruta terrestre y nos preguntamos si podría haberse recorrido con el equipamiento de los viejos tiempos. Para nuestra sorpresa, comprobamos que el terreno no era tan dificultoso como parecía, y que, a pesar de las grietas en el hielo y otros obstáculos, no era tan escarpado como para impedir el paso de los trineos de un Scott, un Shackleton o un Amundsen. Algunos de los glaciares parecían conducir a pasos que el viento batía con una extraña insistencia, y al llegar al que habíamos escogido descubrimos que no era ninguna excepción.

Nuestra impaciencia cuando nos dispusimos a rodear la cresta y asomarnos a un mundo nunca antes hollado apenas puede describirse por escrito, y eso que no teníamos motivos para suponer que las regiones que había detrás de la cordillera fuesen a ser muy diferentes de las que habíamos visto y atravesado hasta entonces. La sensación de misterio maligno que inspiraban aquella barrera montañosa y el mar de cielo opalescente que se vislumbraba entre las cumbres era tan sutil que no puede explicarse con palabras. Se trataba más bien de un vago simbolismo psicológico y de asociaciones estéticas, mezcladas con poesías y pinturas exóticas, y con mitos arcaicos que acechaban ocultos en libros prohibidos. Incluso el estribillo del viento tenía una peculiar vena de malignidad, y por un segundo tuvimos la impresión de que incluía un extraño silbido musical de tesitura muy variada cada vez que el aire entraba y salía por las omnipresentes y resonantes bocas de las cuevas. Había una nota vagamente repulsiva en aquel sonido, tan compleja y difícil de identificar como cualquiera de las demás siniestras impresiones.

Después de un lento ascenso nos hallábamos a una altura de siete mil ciento ochenta y cuatro metros, según el aneroide, y habíamos dejado definitivamente atrás la región de las nieves. Allí sólo había laderas de roca negra y desnuda y el inicio de glaciares de toscas aristas, mientras los estrambóticos cubos, murallas y cuevas añadían un toque antinatural, fantástico y onírico. Al mirar la línea de montañas, me pareció distinguir la que había descrito el pobre Lake con una muralla justo en la cima. Parecía medio perdida en la extraña neblina antártica, una neblina que tal vez hubiese sido la causa de que Lake al principio pensara en un posible vulcanismo. El paso se abría justo delante de nosotros, suave y azotado por el viento entre los escarpados y amenazadores pilones. Al fondo estaba el cielo surcado de vaporosos remolinos e iluminado por el bajo sol polar: el cielo de aquel reino misterioso que no había visto el ojo humano.

Unos cuantos metros más y podríamos contemplar dicho reino. Danforth y yo, incapaces de hablar excepto a gritos entre el aullido y los silbidos del viento que azotaba el paso y se sumaba al ruido de los motores, intercambiamos miradas elocuentes. Y luego, tras haber ganado esos pocos metros, volvimos la vista hacia la trascendental línea divisoria y los secretos sin igual de una tierra antigua y absolutamente extraña.

V

Creo que los dos gritamos al mismo tiempo con una mezcla de asombro, maravilla, terror e incredulidad al salir del paso entre las montañas y ver lo que había al otro lado. Por supuesto, debíamos de tener alguna teoría natural en el fondo del cerebro que nos permitió conservar la calma en aquel momento. Probablemente pensamos que aquellas cosas eran como las piedras grotescamente esculpidas del Jardín de los Dioses en Colorado o las rocas talladas por el viento con formas geométricas en el desierto de Arizona. Tal vez pensáramos que era un espejismo como el que habíamos visto por la mañana antes de llegar a las Montañas de la Locura. Debíamos de tener alguna idea normal a la que recurrir mientras nuestros ojos recorrían la ilimitada meseta cubierta de cicatrices por las tempestades y contemplaban los casi infinitos laberintos de masas de piedra colosales, regulares y geométricamente eurítmicas que alzaban sus crestas astilladas sobre una lámina glacial de no más de diez o quince metros de espesor, y evidentemente aún más delgada en algunas zonas.

El efecto de aquella imagen monstruosa fue indescriptible, pues pareció implicar desde el primer momento una violación de las leyes naturales conocidas. Allí, en una llanura infernalmente antigua a siete mil metros de altura, y con un clima inhabitable desde tiempos prehumanos, hacía al menos quinientos mil años, se extendía ante nuestra vista una maraña de piedras geométricas que sólo la desesperación de la razón podía atribuir a una causa que no fuese artificial y consciente. Previamente habíamos descartado, en nombre del pensamiento racional, cualquier teoría de que los cubos y las murallas no fuesen de origen natural. ¿Cómo podía ser de otro modo, cuando el hombre mismo apenas podría diferenciarse de los grandes simios en la época en que esa región sucumbió al actual reinado de la muerte glacial?

Sin embargo, la influencia de la razón parecía tambalearse de forma irremediable, pues aquel laberinto ciclópeo de bloques cúbicos, curvos y angulosos tenía características que impedían recurrir a ella. Era, sin duda, la ciudad blasfema del espejismo con una realidad evidente, objetiva e ineludible. Después de todo, aquel portento maldito tenía base material: había habido algún estrato horizontal de polvo de hielo en las capas altas de la atmósfera y aquella sorprendente pervivencia de piedra había proyectado su imagen al otro lado de las montañas según las sencillas leyes de la reflexión. Por supuesto, el fantasma había sido deformado y exagerado, y había incluido cosas de las que el original carecía, sin embargo, al verlo nos pareció incluso más horrible y amenazador que su imagen lejana.

Sólo la inhumana e increíble mole de aquellas vastas torres y murallas de piedra había protegido aquel espantoso lugar de una aniquilación completa en los cientos de miles —tal vez millones— de años que se había alzado en una planicie desolada y batida por las tormentas. «Corona Mundi...

Techo del mundo…». Todo tipo de frases fantasiosas acudieron a nuestros labios al contemplar aquel increíble y vertiginoso espectáculo. Volví a pensar en los espantosos mitos primigenios que tanto me habían obsesionado desde la primera vez que vi aquel mundo antártico: la diabólica meseta de Leng, el Mi-Go, o abominable hombre de las nieves del Himalaya, los Manuscritos Pnakóticos con sus implicaciones prehumanas, el culto a Cthulhu, el Necronomicón y las leyendas hiperbóreas del amorfo Tsathoggua y la progenie estelar asociada a dicha semientidad.

Aquel laberinto se extendía en todas las direcciones a lo largo de kilómetros interminables sin apenas disminución; de hecho, cuando nuestros ojos lo siguieron a izquierda y derecha junto a la base de las estribaciones que lo separaban de la verdadera hilera de montañas, concluimos que no había ningún claro salvo una interrupción a la izquierda del paso por el que habíamos llegado. Habíamos tropezado, por azar, con una parte limitada de algo de extensión incalculable. En las estribaciones de las montañas abundaban menos las estructuras grotescas de piedra, que unían la terrible ciudad con los cubos y murallas con los que ya estábamos familiarizados y que evidentemente eran puestos avanzados en las montañas, y que, al igual que las extrañas entradas a las cuevas, eran tan numerosos en la falda anterior como posterior de las montañas.

El inconcebible laberinto de piedra consistía en su mayor parte en muros de tres a cinco metros de altura que se alzaban sobre el hielo y cuyo grosor variaba entre los dos y los tres metros. Estaba formado principalmente por descomunales bloques de negras pizarras primordiales, esquistos y areniscas —en muchos casos de 1 × 2 × 3 metros—, aunque en varios sitios parecía tallado directamente sobre el lecho sólido e irregular de pizarras precámbricas. Los edificios no eran ni mucho menos iguales; había innumerables y descomunales estructuras en forma de colmena y otras estructuras separadas más pequeñas. La forma general tendía a ser cónica, piramidal o en terrazas, aunque había muchos cilindros y cubos perfectos, conglomerados de cubos y otras formas triangulares, así como diversos edificios angulosos cuya planta de cinco puntas recordaba vagamente a una fortificación. Los arquitectos habían utilizado constantemente y de manera experta el principio del arco, y probablemente hubiese habido cúpulas en el momento de esplendor de la ciudad.

Toda la maraña estaba terriblemente erosionada, y la superficie glacial de la que asomaban las torres estaba cubierta de bloques caídos y escombros inmemoriales. En donde el hielo era transparente pudimos ver la parte inferior de aquellas moles gigantescas, y reparamos en los puentes de piedra conservados por el hielo que conectaban unas torres con otras a diversas alturas sobre el suelo. En las paredes expuestas vimos las cicatrices donde había habido otros puentes similares más altos. Una inspección más cercana reveló incontables ventanas de gran tamaño, algunas de las cuales estaban cerradas con contraventanas de material petrificado que originalmente debió de ser madera, aunque la mayoría estaban abiertas de forma siniestra y amenazadora. Muchas de las ruinas, por supuesto, no tenían tejado y el viento había redondeado los bordes superiores; mientras que otras, que seguían un modelo cónico o piramidal o simplemente estaban a resguardo de las estructuras vecinas, conservaban perfiles intactos a pesar de las omnipresentes grietas y agujeros. Con el catalejo pudimos distinguir lo que nos parecieron ornamentaciones escultóricas en bandas horizontales y adornos que incluían los curiosos grupos de puntos cuya presencia en las antiguas esteatitas adquirió un significado más claro.

En muchos lugares los edificios estaban totalmente en ruinas y la capa de hielo se había rajado por diversas causas geológicas. En otros sitios la piedra estaba erosionada hasta el borde mismo del hielo. Una ancha ringlera que se extendía desde el interior de la meseta hasta una hendidura en las estribaciones montañosas a uno o dos kilómetros del paso que acabábamos de atravesar se hallaba totalmente desprovista de edificios, y decidimos que probablemente se tratara del curso de algún gran río que en época terciaria —hacía millones de años— habría atravesado la ciudad hasta precipitarse en algún portentoso abismo subterráneo de la enorme cordillera, que, sin duda, era ante todo una región de cuevas, pozos y secretos bajo tierra que iban más allá de la comprensión humana.

Al rememorar nuestras sensaciones, y recordar nuestro estupor al contemplar aquella monstruosa supervivencia de hacía eones y que habíamos considerado prehumana, me maravilla que conserváramos un aparente equilibrio. Por supuesto, sabíamos que algo —la cronología, las teorías científicas o nuestra propia conciencia— estaba horriblemente equivocado, y aun así mantuvimos la calma suficiente para pilotar el avión, observar con detalle muchas cosas y tomar una cuidadosa serie de fotografías que podrían hacer un gran bien al mundo. En mi caso es posible que me ayudasen mis arraigados hábitos científicos, pues, pese a toda mi sorpresa y a la sensación de amenaza, ardía en mi interior la dominante curiosidad de investigar aquel antiquísimo secreto y saber qué seres habían construido y vivido en aquel lugar incalculablemente gigantesco, y qué relación con el mundo de su época o de otras épocas podía haber tenido una concentración de vida tan inaudita.

Y es que aquel sitio no podía ser una ciudad normal. Debía de haber sido el núcleo primario y central de algún capítulo arcaico e increíble de la historia de la Tierra cuyas ramificaciones exteriores, evocadas vagamente en los mitos más oscuros y distorsionados, se habían desvanecido sin remedio en el caos de las convulsiones del planeta mucho antes de que ninguna raza humana conocida hubiese evolucionado del mono. Ante nosotros se extendía una megalópolis paleógena comparada con la cual las fabulosas Atlántida y Lemuria, Commoriom y Uzuldaroum, y Olathoë en la tierra de Lomar eran sitios de hoy, ni siquiera de ayer; una megalópolis equivalente a las susurradas blasfemias prehumanas de Valusia, R'lyeh, Ib en la Tierra de Mnar y la Ciudad Sin nombre de Arabia Deserta. Mientras sobrevolábamos aquella maraña de torres titánicas mi imaginación escapaba a veces de todas sus ataduras y vagaba sin objeto por reinos de descabelladas asociaciones, e incluso urdía vínculos entre ese mundo perdido y algunas de mis teorías más absurdas sobre los demenciales horrores del campamento.

A fin de aligerar el avión al máximo sólo habíamos llenado el depósito a medias; por ello tuvimos que ir con cuidado en nuestra exploración. No obstante, aun así recorrimos una enorme extensión de terreno —o más bien de aire— tras descender a una altura donde el viento era casi inapreciable. No parecía que hubiese límites a la cordillera o la extensión de la temible ciudad de piedra que bordeaba sus estribaciones. Ochenta kilómetros de vuelo en ambas direcciones no revelaron el menor cambio en el laberinto de piedra y mampostería que asomaba como un cadáver a través del hielo eterno. Había, no obstante, algunas variaciones muy interesantes, como los relieves en el cañón por donde el ancho río había discurrido entre las montañas más bajas antes de precipitarse en la gran cordillera. Los promontorios a la entrada del curso de agua estaban tallados a modo de ciclópeos pilones, y su forma de barril estriado nos trajo a la memoria a Danforth y a mí vagos, odiosos y confusos recuerdos.

También llegamos a varios espacios abiertos con forma de estrella, evidentemente plazas públicas, y reparamos en diversas ondulaciones en el terreno. Todas las elevaciones habían sido excavadas para formar una especie de laberíntico edificio de piedra, pero había al menos dos excepciones. Una de ellas estaba demasiado erosionada para saber qué había habido encima, mientras que en la otra se alzaba aún un fantástico monumento cónico tallado en la roca viva que se asemejaba a construcciones como la conocida Tumba de la Serpiente en el antiguo valle de Petra.

Al volar hacia el interior desde las montañas, descubrimos que la anchura de la ciudad no era infinita, aunque su longitud al pie de la cordillera lo parecía. Al cabo de cincuenta kilómetros los grotescos edificios de piedra empezaron a ser menos numerosos y dieciséis kilómetros después llegamos a un desierto sin el menor indicio de construcción de ningún tipo. El curso del río, más allá de la ciudad, parecía señalarlo una ancha hendidura, y la tierra daba la impresión de volverse más escarpada y ascender antes de perderse en el neblinoso Poniente.

Hasta el momento no habíamos aterrizado, pero abandonar la meseta sin tratar de entrar en alguna de las monstruosas estructuras habría sido inconcebible. Por ello decidimos buscar un lugar plano en las montañas cerca del paso navegable, aterrizar y emprender la exploración a pie. Aunque las laderas estaban en parte cubiertas de ruinas, un vuelo a baja altura reveló varios sitios donde era posible llevar a cabo el aterrizaje. Escogimos el más cercano al paso, pues el siguiente vuelo sería para atravesar la cordillera y regresar al campamento, y a las doce y media del mediodía logramos posarnos en un campo de nieve dura totalmente desprovisto de obstáculos e idóneo para un rápido despegue posterior.

En vista de la cómoda ausencia de viento, no creímos necesario levantar una pared para proteger el avión y nos limitamos a tapar los patines de aterrizaje y asegurarnos de que las partes vitales del motor estuviesen protegidas del frío. Antes de partir nos quitamos las gruesas pieles que habíamos utilizado durante el vuelo y llevamos con nosotros un pequeño equipo consistente en una brújula de bolsillo, una cámara, unas pocas provisiones, cuadernos y papeles, un martillo y un cincel de geólogo, unas bolsas para muestras, un rollo de cuerda de escalada y potentes linternas eléctricas con pilas de repuesto; todo lo habíamos metido en el avión ante la eventualidad de que pudiésemos aterrizar, hacer fotografías desde el suelo, tomar apuntes y bocetos topográficos y obtener muestras de roca de alguna ladera, saliente o cueva. Por suerte teníamos papel de sobra para romperlo, meterlo en una bolsa de muestras e ir señalando el trayecto en cualquier laberinto en el que pudiésemos internarnos. Lo habíamos llevado por si encontrábamos algún sistema de cuevas donde el aire estuviese lo bastante tranquilo para permitir un método tan rápido y sencillo en lugar de tener que ir marcando el camino con muescas como suele hacerse.

Mientras descendíamos con cautela por la costra de nieve hacia el extraordinario laberinto de piedra que se alzaba contra el Poniente opalescente tuvimos casi la misma sensación de hallarnos ante inminentes prodigios que cuatro horas antes al aproximarnos a las misteriosas e inescrutables montañas. Es cierto que nos habíamos familiarizado visualmente con el increíble secreto que ocultaba aquella barrera de picos, pero la perspectiva de internarnos entre muros primigenios levantados por seres conscientes tal vez millones de años atrás —antes de que existiera ninguna raza humana conocida— resultaba impresionante y potencialmente terrible, pues implicaba una anormalidad cósmica. A pesar de que el aire enrarecido a esa prodigiosa altura hacía que cualquier esfuerzo resultara más fatigoso de lo normal, tanto Danforth como yo lo soportamos bastante bien y nos sentimos capaces de estar a la altura de casi cualquier cosa que nos reservara el destino. Sólo nos hicieron falta unos pasos para llegar a una ruina informe erosionada hasta el nivel de la nieve, y a unos cincuenta o setenta y cinco metros más allá vimos un enorme bastión sin tejado todavía con el perfil de cinco puntas completo. Nos encaminamos hacia allí, y cuando por fin pudimos tocar los bloques ciclópeos y erosionados, nos pareció haber establecido un vínculo sin precedentes y casi blasfemo con eones olvidados y normalmente vetados a nuestra especie.

Aquel bastión con forma de estrella medía unos cien metros de punta a punta y estaba construido con bloques de arenisca jurásica de formas irregulares, con una media de dos por tres metros de superficie. Había una hilera de troneras o ventanas en arco de un metro de ancho y dos de altura, espaciadas simétricamente a lo largo de las puntas de la estrella y en los ángulos interiores cuya base quedaba a un metro de la superficie helada. Nos asomamos y comprobamos que la mampostería tenía un grosor de unos dos metros y medio; dentro no quedaba en pie ningún tabique y había unas ornamentaciones o bajorrelieves, cosa que habíamos entrevisto al sobrevolar a baja altura ése y otros muros parecidos. Aunque debían de existir partes inferiores, estaban tapadas por el grosor de la nieve y el hielo en aquel lugar.

Nos colamos por una de las ventanas y nos esforzamos en vano por descifrar los dibujos casi borrados de las paredes, pero no intentamos excavar en el suelo helado. Los vuelos de reconocimiento nos habían mostrado que muchos edificios de la ciudad no estaban tan tapados por el hielo, y que tal vez podríamos encontrar alguno cuyo interior condujese al verdadero nivel del suelo si entrábamos por las estructuras que aún conservaban el tejado. Antes de abandonar la muralla la fotografiamos con sumo cuidado y estudiamos perplejos la ciclópea mampostería de piedra seca. Ojalá hubiese estado presente Pabodie, pues sus conocimientos de ingeniería podrían habernos ayudado a deducir cómo podían haber manejado aquellos bloques titánicos en la época increíblemente remota en que se construyó la ciudad y sus alrededores.

El descenso de casi un kilómetro hasta la ciudad propiamente dicha, mientras el viento aullaba salvaje e inútilmente entre los picos que se recortaban contra el cielo es algo que quedará grabado para siempre en mi recuerdo. Sólo en las más descabelladas pesadillas podría un ser humano que no sea Danforth o yo concebir semejantes efectos ópticos. Entre nosotros y los vapores que se alzaban por el oeste se extendía la monstruosa maraña de oscuras torres de piedra; sus formas increíbles y extrañas nos maravillaban con cada nuevo ángulo de visión. Era un espejismo de piedra, y si no fuese por las fotografías aún hoy seguiría dudando de su existencia. La mampostería era idéntica a la del muro que habíamos inspeccionado, pero las formas extravagantes que adoptaba en sus manifestaciones urbanas superaban cualquier descripción.

Incluso las fotos ilustran sólo una o dos fases de su infinita peculiaridad, su variedad inagotable, su tamaño sobrenatural y su exotismo totalmente ajeno a este mundo. Había formas geométricas para las que Euclides difícilmente habría encontrado un nombre: conos con todo tipo de irregularidades y truncamientos, escalones con llamativas desproporciones, pilones con raros abultamientos bulbosos, columnas rotas agrupadas de formas diversas y estructuras con cinco puntas o cinco aristas grotescas y demenciales. Al acercarnos pudimos distinguir, por debajo de algunas zonas transparentes de la lámina de hielo, los puentes de piedra tubulares que conectaban las absurdas estructuras a distintas alturas. No parecía haber ninguna calle alineada y la única ringlera despejada estaba dos kilómetros a nuestra izquierda, en el lugar por donde sin duda el antiguo río había fluido hacia las montañas.

Nuestros catalejos mostraron que las bandas horizontales de ornamentaciones casi borradas y los grupos de puntos se extendían por todas partes, y casi pudimos imaginar el aspecto que había tenido la ciudad, pese a que la mayor parte de los tejados y las torres habían desaparecido. En conjunto, había sido una compleja maraña de calles y callejones tortuosos, la mayor parte profundos cañones y en algunos casos prácticamente túneles debido a la mampostería que los rodeaba o a los puentes que había tendidos por encima. Ahora se extendía ante nosotros como una fantasía onírica y se alzaba ante las brumas que el sol bajo y rojizo del atardecer antártico se esforzaba en atravesar por occidente; y, cuando en determinado momento encontró una obstrucción más densa y la escena se sumió por un instante en la oscuridad, el efecto fue de una sutil amenaza, aunque no aspiro a saber explicar por qué. Incluso los leves e inofensivos aullidos y silbidos del viento en los pasos montañosos que había a nuestra espalda cobraron una nota de malignidad consciente. La última fase del descenso a la ciudad fue muy empinada y escarpada, y una roca que asomaba al borde de la pendiente nos hizo pensar que debía de haber existido una terraza artificial y que por debajo del hielo debía de haber unas escaleras o algo parecido.

Cuando por fin nos internamos en la propia ciudad laberíntica, trepando sobre las ruinas caídas, encogidos ante la opresiva cercanía y la altura descomunal de los omnipresentes muros derrumbados y agujereados, volvimos a experimentar tales sensaciones que me maravilla que pudiéramos conservar el dominio de nosotros mismos. Danforth, que estaba muy nervioso, empezó a elucubrar sin motivo sobre los horrores del campamento, lo cual me desagradó mucho porque no podía sino compartir algunas de las conclusiones impuestas por las características de aquella mórbida supervivencia de una antigüedad de pesadilla. Dichas elucubraciones le afectaron también a él, pues en cierto lugar donde un callejón cubierto de piedras giraba bruscamente insistió en haber visto unas huellas en el suelo que no le gustaban; en otro momento se detuvo a escuchar un sonido imaginario procedente de un punto indeterminado, un apagado silbido musical, dijo, parecido al del viento en las cuevas de las montañas, pero turbadoramente diferente. La constante repetición de las cinco puntas en la arquitectura circundante y en los pocos arabescos murales que podían distinguirse tenía siniestras connotaciones a las que era imposible sustraerse, y nos proporcionó una especie de terrible e inconsciente certeza sobre las entidades primigenias que habían vivido y prosperado en aquel lugar profano.

No obstante, nuestro espíritu científico y aventurero no había muerto del todo, y seguimos mecánicamente con nuestro programa de toma de muestras de los distintos tipos de roca representados en la mampostería. Nos interesaba disponer de una colección lo más completa posible para poder sacar conclusiones exactas sobre la edad de aquel lugar. Nada en las grandes murallas exteriores parecía remontarse más allá de los períodos Jurásico y Comanchiense, ni hallamos ningún trozo de piedra posterior al Plioceno. Con toda seguridad, estábamos vagando entre una muerte que había reinado al menos quinientos mil años, y muy probablemente mucho más.

A medida que avanzábamos por aquel laberinto crepuscular oscurecido por la sombra de las piedras nos fuimos deteniendo en todas las aberturas que encontramos a fin de examinar el interior y valorar la posibilidad de entrar. Algunas quedaban fuera de nuestro alcance y otras conducían a ruinas tapadas por el hielo tan estériles como el muro de la ladera. Una, aunque espaciosa y tentadora, se abría sobre un abismo aparentemente sin fondo por el que parecía imposible descender. De vez en cuando tuvimos ocasión de estudiar la madera petrificada de alguna contraventana, y nos impresionó la fabulosa antigüedad que implicaba el grano todavía distinguible. Aquellos objetos procedían de gimnospermas y coníferas mesozoicas —sobre todo cicas cretácicas— y palmeras y angiospermas tempranas del período claramente Terciario. No encontramos nada claramente posterior al Plioceno. El modo de colocación de dichas contraventanas —en cuyos bordes se apreciaba la anterior presencia de unas bisagras extrañas y hacía tiempo desaparecidas— era distinto, pues unas iban en el exterior y otras en el interior de las troneras. Parecían haber quedado encajadas, por lo que habían sobrevivido a la oxidación de los enganches y cierres, probablemente metálicos.

Al cabo de un rato encontramos una hilera de ventanas —en los salientes de un colosal cono con cinco aristas y el vértice intacto— que daban a una sala gigantesca muy bien conservada y con el suelo de piedra; pero estaban demasiado altas para permitir el descenso sin una cuerda. Llevábamos una, pero no quisimos arriesgarnos a descender seis metros por ella si no era estrictamente necesario, sobre todo porque el aire enrarecido de la meseta exigía ya un gran esfuerzo al corazón. Aquella enorme estancia debía de ser una especie de salón o recinto, y nuestras linternas eléctricas mostraron sorprendentes y provocativos relieves dispuestos a lo largo de las paredes en amplias bandas horizontales separadas por otras bandas igual de anchas cubiertas de arabescos. Anotamos la localización de aquel lugar con intención de volver si no podíamos acceder a otro interior más accesible.

No obstante, por fin encontramos justo la abertura que estábamos buscando, un arco de unos dos metros de ancho por tres de alto que coincidía con el extremo de un puente aéreo tendido sobre un callejón a metro y medio del actual nivel de glaciación. Dichos arcos, por supuesto, daban a los pisos superiores y por suerte se había conservado el suelo. El edificio accesible de ese modo consistía en una serie de terrazas rectangulares a nuestra izquierda y estaba orientado a Poniente. Al otro lado del callejón, donde estaba el otro arco, había un cilindro decrépito sin ventanas y con un curioso abultamiento unos tres metros por encima de la abertura. Dentro estaba totalmente oscuro y el arco parecía dar a un pozo insondable.

Las piedras amontonadas facilitaban aún más la entrada en el edificio de la izquierda, pero dudamos un instante antes de aprovechar tan anhelada oportunidad. Aunque nos habíamos internado en aquel laberinto de misterios arcaicos, hacía falta mucha resolución para entrar en un edificio completo y perfectamente conservado de un mundo fabulosamente antiguo cuya naturaleza cada vez nos parecía más horrible y evidente. Al final nos decidimos y trepamos entre las ruinas hasta la tronera. El suelo al otro lado estaba cubierto de grandes losas de pizarra y parecía constituir la salida de un largo y airoso pasillo con paredes esculpidas.

Al observar los numerosos pasadizos que salían de él, y reparar en la probable complejidad de aquella madriguera, decidimos dejar un rastro como Pulgarcito. Hasta entonces las brújulas y las montañas a nuestras espaldas nos habían servido para orientarnos, pero a partir de ese momento tendríamos que utilizar otros métodos. Por ello cortamos el papel sobrante a trocitos, los metimos en una bolsa que llevaría Danforth y nos dispusimos a utilizarlos con moderación pero sin comprometer nuestra seguridad. Lo más probable era que no nos perdiéramos porque no parecía haber corrientes de aire en el interior de aquellos muros de mampostería, aunque, si llegaba a levantarse o nos quedábamos sin papeles, siempre podríamos recurrir al método más cansado y tedioso de ir haciendo marcas en las rocas.

Hasta que recogiésemos los papeles, nos sería imposible deducir cuánto terreno habíamos recorrido. Las frecuentes y cercanas conexiones entre los diversos edificios hacían probable que pudiéramos pasar uno a otro por puentes bajo el hielo, excepto allí donde se hubiesen hundido o hubiera aparecido alguna grieta geológica, pues la glaciación parecía haber afectado poco al interior de las gigantescas construcciones. Casi todas las áreas de hielo transparente habían revelado que las ventanas sumergidas estaban cerradas a cal y canto, como si hubiesen abandonado la ciudad en ese estado antes de que la lámina glacial cristalizase la parte inferior para el resto de los tiempos. De hecho, teníamos la curiosa impresión de que la ciudad había sido cerrada y abandonada deliberadamente en algún oscuro y olvidado eón, y que la causa no había sido una catástrofe repentina, ni siquiera una decadencia paulatina. ¿Habrían previsto la llegada del hielo y una población sin nombre había evacuado en masa la ciudad para ir a un lugar más seguro? Tendríamos que esperar para conocer las exactas condiciones fisiográficas que condujeron a la formación de la placa de hielo. Era evidente que no se había tratado de una avalancha arrolladora. Tal vez la presión de las nieves acumuladas, el desbordamiento del río o a la rotura de alguna antigua presa glacial en la enorme cordillera hubiesen ayudado a crear las condiciones presentes. La imaginación podía concebir casi cualquier cosa sobre aquel lugar.

VI

Sería tedioso narrar con detalle nuestros vagabundeos por aquella cavernosa colmena muerta desde hacía eones; aquella madriguera de arcaicos secretos en la que resonaba ahora por primera vez, después de épocas sin nombre, el eco de los pasos humanos. Sobre todo porque gran parte de la horrible tragedia y revelación llegó del simple estudio de las omnipresentes ornamentaciones murales. Las fotografías tomadas a la luz de las linternas contribuirán a demostrar la veracidad de nuestros hallazgos, y es una lástima que nos quedásemos sin película. El caso es que cuando se nos acabó, no nos quedó otro remedio que hacer toscos bocetos a mano de los detalles más destacados.

El edificio en el que habíamos entrado era muy grande y ornamentado, y nos permitió hacernos una idea de cómo era la arquitectura de aquel innombrable pasado geológico. Las separaciones interiores no eran tan gruesas como los muros exteriores, pero estaban perfectamente conservadas en los niveles de abajo. Su disposición se caracterizaba por una complejidad laberíntica, junto con extrañas irregularidades a nivel del suelo, y de no ser por el rastro de papeles, sin duda nos habríamos perdido casi al principio. Decidimos explorar primero las ruinosas partes superiores y trepamos unos treinta metros por el laberinto hasta el lugar donde las salas más altas se abrían derrumbadas y cubiertas de nieve bajo el cielo polar. Subimos por las empinadas rampas o planos inclinados con salientes transversales que hacían las veces de escaleras en todas partes. Los salones por los que pasamos tenían formas y proporciones inimaginables, que iban desde estrellas de cinco puntas hasta triángulos y cubos perfectos. Podríamos decir sin miedo a equivocarnos que el tamaño medio era de unos diez metros por cada lado y unos seis de altura, pero había muchos más grandes. Después de examinar con cuidado las regiones superiores y el nivel de la glaciación, descendimos un piso tras otro hasta la zona sumergida, donde pronto comprendimos que nos hallábamos en un laberinto continuo de estancias y pasadizos conectados entre sí que probablemente se extendieran por zonas ilimitadas lejos de aquel edificio concreto. El tamaño ciclópeo y descomunal de todo lo que nos rodeaba nos resultó extrañamente opresivo, y percibimos algo vago y profundamente inhumano en todos los contornos, dimensiones, proporciones, adornos y matices constructivos de la arcaica y profana albañilería. No tardamos en reparar, por lo que mostraron los relieves, en que aquella ciudad monstruosa tenía millones de años de antigüedad.

Aún hoy seguimos sin poder explicar los principios de ingeniería utilizados en el anómalo equilibrio y ajuste de aquellas rocas gigantescas, pero el uso del arco era generalizado. En ninguna de las salas que visitamos hallamos enseres movibles, circunstancia que apoyó nuestra teoría de que la ciudad había sido evacuada deliberadamente. El principal rasgo decorativo era el sistema casi universal de adornos murales, que por lo general se extendía en bandas horizontales continuas de un metro de anchura e iba del suelo al techo alternando con bandas de la misma anchura cubiertas de arabescos geométricos. Había excepciones a este tipo de adornos, pero su predominio era abrumador. A menudo vimos cartuchos cubiertos de extraños grupos de puntos en algunas bandas de arabescos.

Enseguida comprendimos que la técnica era avanzada y estéticamente evolucionada y demostraba un dominio extremo, aunque ajeno en todos sus detalles a cualquier tradición artística conocida por la raza humana. Jamás he visto una escultura cuya ejecución pudiera comparársele en delicadeza. Los detalles más minúsculos de la vegetación o la vida animal se reproducían con una sorprendente viveza a pesar de la enorme escala de los relieves, mientras que los diseños convencionales eran maravillas de complejidad. Los arabescos evidenciaban un profundo conocimiento de los principios matemáticos, y estaban hechos de curvas oscuramente simétricas y ángulos basados en el número cinco. Las bandas pictóricas seguían una tradición muy formalista e implicaban un peculiar tratamiento de la perspectiva; pero poseían una fuerza artística que nos conmovió profundamente a pesar del abismo de eras geológicas que nos separaba. Los diseños se basaban en la peculiar yuxtaposición de varias siluetas bidimensionales y entrañaban una profundidad psicológica que superaba a la de cualquier raza conocida de la antigüedad. Es inútil intentar comparar su arte con cualquier otro presente en nuestros museos. Quienes vean nuestras fotografías probablemente encontrarán alguna analogía con las ideas grotescas de los futuristas más osados.

Considerada en conjunto, la tracería de arabescos consistía en líneas cuya profundidad en los muros sin erosionar variaba de dos a cinco centímetros. En los lugares donde había cartuchos con puntos —evidentemente inscripciones en alguna lengua y alfabeto primigenios y desconocidos—, la profundidad de la superficie lisa era de unos dos centímetros y la de los puntos de unos cuatro. Las bandas pictóricas estaban hechas en bajorrelieve, y el fondo se hallaba unos cinco centímetros más hundido que la pared. En algunas podían verse restos de la antigua coloración, pero en la mayoría de los casos los incontables eones transcurridos habían borrado y desintegrado cualquier pigmento que hubiese habido. Cuanto más estudiaba uno aquella técnica maravillosa, más admiraba aquellos adornos. Por debajo de su estricto convencionalismo podía detectarse la minuciosa y exacta observación y la habilidad gráfica de los artistas; y de hecho las propias convenciones servían para simbolizar y acentuar la verdadera esencia o diferenciación vital de cada objeto delineado. Intuimos también que detrás de aquella excelencia inteligible había otra que escapaba al alcance de nuestra percepción. Ciertos toques aquí y allá eran vagos indicios de símbolos y estímulos latentes que, si hubiésemos tenido otro trasfondo mental y emocional y un sistema sensorial totalmente diferente, habrían tenido un profundo significado para nosotros.

Era evidente que los relieves se inspiraban en la vida de la época desaparecida en que se crearon, y recogían gran parte de su historia. Esa anormal preocupación por la historia de la raza primigenia —una circunstancia casual que obró milagrosamente y por pura coincidencia a nuestro favor— fue la que hizo que los relieves fuesen tan informativos y nos llevó a anteponer las fotografías y reproducciones por encima de cualquier otra consideración. En algunas salas la disposición cambiaba con la presencia de mapas, cartas astronómicas y otros dibujos científicos a gran escala, y dichos objetos corroboraron de forma ingenua y terrible lo que habíamos deducido de los frisos y zócalos pictóricos. Al insinuar lo que nos reveló el conjunto, cuento con no despertar en quienes me crean una curiosidad mayor de lo que impone la cordura. Sería trágico que alguien se viese atraído hacia ese reino de la muerte y el horror precisamente por la advertencia pensada para desanimarle.

Interrumpiendo los relieves había grandes ventanales y enormes umbrales de cuatro metros de altura que conservaban en ambos casos las planchas de madera petrificada —cuidadosamente tallada y pulimentada— de los postigos y las puertas. Todos los enganches metálicos habían desaparecido hacía mucho, pero algunas puertas seguían en su sitio y tuvimos que empujarlas para pasar de una estancia a otra. Aquí y allá sobrevivían marcos de ventana con extraños paneles transparentes —sobre todo elípticos—, aunque no muchos. También había numerosas hornacinas de gran tamaño, por lo general vacías, aunque a veces contenían algún extraño objeto tallado en esteatita verde que o bien estaba deteriorado o no les había merecido suficiente interés para llevárselo. Otras aberturas sin duda estaban conectadas con sistemas mecánicos desaparecidos —de la calefacción, la iluminación y demás— parecidos a los que se veían en muchos relieves. Los techos eran más bien sencillos, pero a veces estaban forrados de azulejos de esteatita u otro material, la mayor parte de las veces se habían caído. Algunos suelos también estaban empavesados con dichos azulejos, aunque predominaban las losas de piedra.

Como he dicho, no había muebles ni enseres movibles, pero los relieves daban una idea clara de los extraños artilugios que habían llenado una vez aquellas salas resonantes como tumbas. Por encima de la lámina glacial, el suelo se hallaba por lo general cubierto de escombros, ruinas y cascotes, pero más abajo su estado de conservación era mejor. En algunas de las estancias y los pasillos inferiores apenas había arenilla o polvo de antiguas incrustaciones, mientras que algunos sitios estaban extraordinariamente limpios, como si acabaran de barrerlos. Por supuesto, donde se habían producido hundimientos había tantos escombros como arriba. Un patio central —igual que en otras estructuras que habíamos visto desde el aire— daba luz a las zonas interiores, de modo que pocas veces tuvimos que utilizar las linternas en la parte superior como no fuese para estudiar algún detalle de los relieves. No obstante, por debajo de la capa de hielo la penumbra se hacía más densa y en muchos sitios predominaba una oscuridad casi total a nivel del suelo.

Para hacerse una idea aproximada de nuestros pensamientos y sensaciones a medida que avanzábamos por el laberinto de inhumana mampostería que llevaba eones en silencio es preciso buscar un correlato en un caos totalmente desconcertante de impresiones, recuerdos y estados de humor pasajeros. La abrumadora antigüedad y la mortal desolación del lugar habrían bastado para encoger el ánimo de cualquier persona sensible, pero a esos elementos había que añadir el horror recién descubierto en el campamento y las revelaciones de los terribles relieves que había por todas partes. En cuanto dimos con un fragmento perfectamente conservado y cuya interpretación no dejaba lugar a dudas, bastó un breve examen para comprender la espantosa verdad, una verdad que sería ingenuo afirmar que Danforth y yo no hubiésemos sospechado antes, aunque ambos nos hubiéramos guardado mucho de insinuarlo siquiera. A partir de ese momento no quedó ninguna duda sobre la naturaleza de los seres que habían construido y habitado esa ciudad muerta y monstruosa millones de años atrás, cuando los antepasados del hombre eran mamíferos primitivos y arcaicos, y gigantescos dinosaurios recorrían las estepas tropicales de Europa y Asia.

Hasta entonces nos habíamos aferrado a una remota posibilidad y habíamos repetido —para nuestros adentros— que la omnipresencia del motivo de cinco puntas era sólo una exaltación cultural o religiosa del organismo arqueozoico que había encarnado de un modo tan patente la forma de la estrella; igual que los motivos ornamentales de la Creta minoica exaltaban al toro sagrado, los de Egipto al escarabajo, los de Roma al lobo y al águila y los de diversas tribus salvajes a otros animales totémicos. Pero a partir de ese instante nos vimos privados de ese refugio solitario y no nos quedó más remedio que enfrentarnos a una evidencia que hacía tambalearse a la razón y que el lector de estas páginas sin duda debe de haber imaginado hace tiempo. Me cuesta escribirlo negro sobre blanco incluso ahora, aunque tal vez no sea necesario.

Los seres que construyeron y habitaron aquella temible arquitectura en la época de los dinosaurios no eran dinosaurios, sino algo mucho peor. Los dinosaurios eran animales nuevos y casi sin inteligencia…, pero quienes construyeron la ciudad eran sabios y viejos, y habían dejado huellas en las rocas casi mil millones de años antes…, rocas creadas antes de que la vida en la tierra hubiese evolucionado más allá de unos grupos de células…, rocas creadas antes de que existiera verdadera vida en la Tierra. Fueron los creadores y dominadores de esa vida, y por encima de cualquier género de dudas los originales de los arcaicos y maléficos mitos que se mencionan con temor reverencial en los Manuscritos Pnakóticos y el Necronomicón. Eran los Grandes Ancianos llegados de las estrellas cuando la Tierra era joven…, seres cuya sustancia había conformado una evolución ajena, y cuyos poderes nunca había conocido este planeta. Y pensar que sólo un día antes Danforth y yo habíamos contemplado fragmentos de su sustancia milenaria y fosilizada… y que el pobre Lake y su equipo habían visto su contorno completo…

Por supuesto, me resulta imposible relatar en el orden correcto las etapas en que fuimos comprendiendo lo que sabemos de ese monstruoso capítulo de la vida prehumana. Tras la primera impresión tuvimos que hacer una pausa para recuperarnos, y hasta las tres en punto no emprendimos una exploración más sistemática. Los relieves del edificio eran de fecha relativamente reciente —tal vez de hacía dos millones de años—, según indicaron sus características geológicas, biológicas y astronómicas, y representaban un arte que podría considerarse decadente comparado con los ejemplos que encontramos en otros edificios más antiguos a los que accedimos tras cruzar los puentes por debajo de la lámina glacial. Un edificio excavado en la roca viva parecía remontarse a cuarenta o posiblemente cincuenta millones de años —hasta el Eoceno inferior o el Cretácico superior— y contenía bajorrelieves de una calidad artística que superaba todos lo demás, con una tremenda excepción que encontramos después. Aquella estructura doméstica era sin duda —según concluimos más adelante— la más antigua por la que pasamos.

Si no contara con el apoyo de las fotografías, que no tardaré en hacer públicas, no me atrevería a decir lo que descubrimos y dedujimos por miedo a que me tomasen por loco. Por supuesto las partes infinitamente pretéritas de la historia fragmentada —en las que se representa la vida preterrestre de los seres con la cabeza en forma de estrella en otros planetas, otras galaxias y otros universos— pueden interpretarse fácilmente como la mitología fantástica de dichos seres; aunque dichos fragmentos incluían diseños y diagramas tan extraordinariamente parecidos a los últimos descubrimientos de las matemáticas y la astrofísica que apenas sé qué pensar. Que lo juzguen otros cuando vean las fotografías que publicaré.

Como es natural, ninguno de los fragmentos de relieves que encontramos contaba más que una fracción de una historia coherente; ni siquiera hallamos las diversas etapas en el orden correcto. Algunos de los vastos salones eran unidades independientes en lo que a los relieves se refiere, mientras que en otros casos había una crónica continua a través de una serie de estancias y pasillos. Hallamos los mejores mapas y diagramas en las paredes de un espantoso abismo que estaba incluso por debajo del antiguo nivel del suelo: una caverna de unos sesenta metros por cada lado y veinte metros de altura, que casi sin ninguna duda había sido una especie de centro educativo. Había llamativas repeticiones del mismo material en habitaciones y edificios diferentes, pues era obvio que ciertos capítulos y ciertos compendios o fases de la historia de su raza habían gozado de mayor predicamento entre los decoradores o habitantes de aquellas estancias. No obstante, en varias ocasiones las variantes sobre el mismo tema nos fueron de gran utilidad para resolver determinados puntos discutibles y llenar lagunas.

Aún hoy me maravilla que pudiésemos deducir tantas cosas con el escaso tiempo del que dispusimos. Por supuesto, incluso ahora disponemos sólo de un tosco bosquejo que en gran parte completamos después a partir de las fotografías y los bocetos. Es posible que el efecto de este estudio posterior —tener que revivir aquellos recuerdos y vagas impresiones junto a aquel supuesto horror vislumbrado al final y cuya esencia se niega a revelarme incluso a mí— fuese lo que causó el colapso nervioso de Danforth. Pero no nos quedó otro remedio: si queríamos hacer pública nuestra advertencia de forma razonable, antes debíamos reunir toda la información posible; y hacerla pública es una necesidad perentoria. Ciertas influencias que perduran en ese desconocido mundo antártico de tiempo desquiciado y extrañas leyes naturales hacen imperativo recomendar que no se lleve a cabo ninguna otra exploración.

VII

La historia completa, hasta donde pudimos descifrarla, se publicará en un boletín oficial de la Universidad Miskatonic. Aquí sólo esbozaré, sin demasiado orden ni concierto, los hechos más señalados. Mitos o no, los relieves hablaban de la llegada del espacio exterior de esos seres con la cabeza en forma de estrella a la tierra primigenia y sin vida..., de su llegada y de la de otros muchos seres extraterrestres que en determinada época se embarcaron en la exploración espacial. Al parecer eran capaces de atravesar el éter interestelar gracias a sus enormes alas membranosas, lo cual confirma ciertas leyendas antiguas de pueblos montañeses de los que me había hablado en cierta ocasión un colega historiador. Habían vivido mucho tiempo bajo el mar, donde habían construido maravillosas ciudades y habían librado terribles batallas con innombrables adversarios empleando complicados artilugios basados en principios de energía desconocidos. Evidentemente sus conocimientos científicos y mecánicos superaban con mucho a los de la humanidad actual, aunque sólo utilizaron sus formas más refinadas y extendidas cuando no les quedó otro remedio. Algunos relieves daban a entender que habían pasado por una etapa de vida mecanizada en otros planetas, pero la habían abandonado cuando sus efectos no les resultaron emocionalmente satisfactorios. La rigidez sobrenatural de su organización y la sencillez de sus necesidades naturales los hacían peculiarmente adaptados a vivir en un plano elevado sin los frutos más especializados de la manufactura artificial, e incluso sin ropa, excepto para protegerse ocasionalmente contra los elementos.

Fue bajo el mar, primero para procurarse comida y después por otros motivos, donde crearon la vida terrestre a partir de las sustancias disponibles y mediante métodos que hacía largo tiempo que conocían. Los experimentos más complejos llegaron después de la eliminación de varios enemigos cósmicos. En otros planetas habían hecho lo mismo y habían llegado a elaborar no sólo los alimentos necesarios, sino ciertas masas protoplasmáticas multicelulares capaces de modelar sus tejidos para producir todo tipo de órganos bajo influencia de la hipnosis y crear así esclavos ideales que llevaran a cabo las labores más pesadas de la comunidad. Esas masas viscosas eran sin duda lo que Abdul Alhazred llama asustado Shoggoths en su temible Necronomicón, aunque ni siquiera a ese árabe loco se le había ocurrido insinuar que pudiera existir ninguno en la Tierra como no fuese en los sueños de quienes habían mascado cierta hierba alcaloide. Cuando los Grandes Ancianos de cabeza estrellada sintetizaron en nuestro planeta sus sencillos alimentos y crearon suficientes Shoggoths, permitieron que otros grupos de células se desarrollaran para dar lugar a otras formas de vida animal y vegetal con fines diversos y extirparon aquéllos cuya presencia llegó a ser molesta.

Con la ayuda de los Shoggoths, cuyas prolongaciones podían levantar pesos prodigiosos, las pequeñas ciudades submarinas se convirtieron en gigantescos e imponentes laberintos de piedra no muy diferentes de los que erigieron después en tierra. De hecho, los adaptables Ancianos habían vivido muchas veces en tierra en otras partes del universo, y es probable que conservaran muchas tradiciones de construcción terrestre. Mientras estudiábamos la arquitectura de todas esas ciudades paleógenas cubiertas de relieves, y aquellos pasillos muertos desde hacía eones que estábamos recorriendo, nos impresionó una curiosa coincidencia que ni siquiera hoy hemos tratado de explicarnos. Los remates de los edificios de la ciudad donde nos hallábamos, reducidos a ruinas por la erosión desde hacía milenios, estaban retratados con gran claridad en los bajorrelieves y mostraban gigantescos grupos de pináculos en forma de agujas, delicados vértices sobre conos y pirámides y terrazas de finos discos horizontales sobre columnas cilíndricas. Justo lo que habíamos visto en aquel monstruoso y ominoso espejismo, reflejo de una ciudad de la que habían desaparecido hacía miles y decenas de miles de años y que se alzó ante nuestros ojos ignorantes al otro lado de las inexploradas Montañas de la Locura cuando nos aproximamos al malhadado campamento del pobre Lake.

Podrían escribirse libros enteros sobre la vida de los Ancianos, tanto bajo el mar como después de que una parte de ellos emigrara a tierra. Los de aguas someras habían conservado el uso de los ojos en el extremo de los cinco tentáculos de la cabeza y habían practicado las artes del relieve y la escritura del modo normal —la escritura se llevaba a cabo con un buril en superficies enceradas a prueba de agua—. Los de las profundidades del océano, aunque utilizaban un curioso organismo fosforescente para tener luz, veían mediante misteriosos sentidos especiales que operaban gracias a los cilios prismáticos de la cabeza y que les permitían prescindir de la luz en caso de emergencia. El estilo de los relieves y la escritura había ido cambiando curiosamente con su descenso y al parecer implicaba ciertos procesos de revestimiento químico —probablemente para garantizar su fosforescencia— que los bajorrelieves no llegaron a aclarar. Aquellos seres se movían por el agua en parte nadando —gracias a los brazos laterales crinoideos— y en parte arrastrándose con los tentáculos inferiores donde estaban los pseudopies. En ocasiones, hacían profundos picados con la ayuda de dos o más pares de las alas plegables en forma de abanico. En tierra utilizaban los pseudopies, pero a veces volaban a gran altura o recorrían largas distancias con ayuda de las alas. Los numerosos tentáculos en que se ramificaban los brazos crinoideos eran infinitamente delicados, flexibles, fuertes y precisos en lo que se refiere a su coordinación nerviosa y muscular, y garantizaban una enorme habilidad y destreza en todas las operaciones artísticas y manuales.

La dureza de aquellos seres era casi increíble. Ni siquiera las terribles presiones de los fondos marinos podían afectarles. Muy pocos morían si no era de muerte violenta y apenas había cementerios. El hecho de que enterrasen de pie a los muertos y los cubriesen con montículos de cinco puntas nos dio tanto que pensar a Danforth y a mí que tuvimos que hacer otra pausa para recuperarnos cuando lo vimos en los relieves. Aquellos seres se multiplicaban por esporas —igual que las plantas pteridofitas, tal como había sospechado Lake—, pero debido a su prodigiosa resistencia y longevidad, y la consecuentemente escasa necesidad de reemplazamiento, no favorecían el desarrollo a gran escala de nuevos protalos a menos que tuviesen que colonizar otras regiones. Los jóvenes maduraban deprisa, y recibían una educación evidentemente más allá de cualquier nivel que podamos imaginar. La vida estética e intelectual predominante estaba muy evolucionada y produjo una serie de costumbres e instituciones tenaces y duraderas que describiré con detalle en mi próxima monografía y que variaban ligeramente según habitasen el mar o la tierra, aunque compartían la misma esencia y los mismos fundamentos.

Pese a que, al igual que las plantas, podían obtener alimentos de sustancias inorgánicas, preferían la comida orgánica y sobre todo la animal. Bajo el agua la devoraban cruda, pero en tierra la guisaban. Cazaban animales y criaban rebaños para carne, y los sacrificaban con armas afiladas que habían dejado extrañas marcas en los huesos fósiles identificados por nuestra expedición. Resistían maravillosamente todas las temperaturas normales y en su estado natural podían vivir en agua a punto de congelarse. No obstante, cuando se acercó la gran glaciación del Pleistoceno —hace casi un millón de años— los que vivían en tierra tuvieron que recurrir a medidas especiales, entre ellas sistemas artificiales de calefacción, hasta que por fin el frío mortal al parecer los obligó a regresar al mar. Las leyendas decían que, para llevar a cabo sus vuelos prehistóricos por el espacio cósmico, habían ingerido ciertos productos químicos que los volvían casi independientes del alimento, la respiración y las condiciones térmicas, pero que cuando se produjo la glaciación habían olvidado dicho método. En cualquier caso, tampoco podían prolongar indefinidamente aquel estado sin sufrir daños.

Como no recurrían al apareamiento y su estructura era semivegetal, los Ancianos carecían de base biológica para la etapa familiar característica de los mamíferos, pero al parecer organizaban las comunidades según los principios de la ocupación cómoda del espacio y —por lo que dedujimos de los trabajos y las diversiones de sus habitantes descritas en los relieves— la asociación mental compatible. Al amueblar sus hogares colocaban todo en el centro de las enormes estancias y dejaban las paredes para funciones decorativas. La iluminación, en el caso de los que vivían en tierra, se conseguía por un dispositivo de naturaleza probablemente electroquímica. Tanto en tierra como bajo el agua utilizaban curiosas mesas, sillas y sofás de estructura cilíndrica —pues descansaban y dormían de pie con los tentáculos plegados— y tenían estantes para las placas articuladas y cubiertas de puntos que hacían las veces de libros.

El gobierno era evidentemente complejo y probablemente socialista, aunque no pudimos sacar conclusiones claras de lo que vimos en los relieves. El comercio estaba muy extendido tanto a nivel local como entre las distintas ciudades; el dinero eran unas fichas planas de cinco puntas cubiertas de inscripciones. Es muy posible que las esteatitas verdosas más pequeñas encontradas por nuestra expedición fuesen ejemplos de dicha moneda. Aunque la cultura era eminentemente urbana, había cierta agricultura y ganadería. También practicaban la minería y algunas manufacturas. Viajaban con frecuencia, pero la emigración permanente era poco común, salvo por los grandes movimientos colonizadores mediante los cuales se expandía la raza. Carecían de ayuda externa para la locomoción personal, puesto que los Ancianos tenían la capacidad de moverse a gran velocidad por tierra, mar y aire. No obstante, utilizaban bestias de carga para transportar peso: Shoggoths bajo el agua y una curiosa variedad de vertebrados primitivos en los años que vivieron en tierra.

Dichos vertebrados —al igual que una infinidad de otras formas de vida, animal y vegetal, marina, terrestre y aérea— fueron producto de una evolución ciega al operar sobre las células creadas por los Ancianos y escapar a su atención. Les habían dejado desarrollarse sin control porque no competían con los seres dominantes. Las formas molestas, desde luego, eran exterminadas automáticamente. Nos llamó la atención ver, en algunos de los relieves más tardíos y decadentes, un mamífero primitivo de andares vacilantes, utilizado a veces por los que vivían en tierra como comida y otras como un bufón gracioso, cuyos rasgos vagamente simiescos y prehumanos eran indudables. En las ciudades terrestres los gigantescos bloques de piedra de las torres los levantaban por lo general pterodáctilos de enormes alas y de una especie desconocida hasta ahora para la paleontología.

La persistencia con que los Ancianos habían sobrevivido a los diversos cambios geológicos y a las convulsiones de la corteza terrestre resultaba casi milagrosa. Aunque pocas o ninguna de sus primeras ciudades parecen haber sobrevivido más allá de la era arqueozoica, no se produjo ninguna interrupción en su civilización o en la transmisión de sus registros. El primer lugar donde se habían establecido en el planeta había sido el océano Antártico, y es probable que llegasen poco después de que la materia que formó la luna se desprendiera del cercano Pacífico Sur. Según uno de los mapas de los relieves, el agua cubría todo el globo y las ciudades de piedra se fueron extendiendo desde la Antártida a medida que transcurrían los eones. Otro mapa muestra una gran masa de tierra en torno al Polo Sur, en la que algunos de aquellos seres probaron a establecerse, pese a que sus ciudades principales se trasladaron al fondo del mar. Mapas posteriores, que muestran la fractura y la deriva de dicha masa de tierra hacia el norte, apoyan de manera sorprendente las teorías de la deriva continental expuesta hace poco tiempo por Taylor, Wegener y Joly.

Con el surgimiento de nuevas tierras en el Pacífico Sur, empezaron portentosos acontecimientos. Algunas de las ciudades marinas quedaron reducidas a escombros, no obstante no fue ésa su peor desdicha. Otra raza —una raza de seres terrestres con forma de pulpo que probablemente se corresponda con la mítica progenie prehumana de Cthulhu— empezó a filtrarse desde las infinidades cósmicas e inició una guerra monstruosa que por un tiempo obligó a los Ancianos a volver al mar, lo que supuso un golpe tremendo para los cada vez más numerosos asentamientos terrestres. Después se firmó la paz y la progenie de Cthulhu se instaló en las tierras nuevas mientras los Ancianos conservaron el mar y las tierras antiguas. Se fundaron nuevas ciudades terrestres, las más grandes en la Antártida, pues para ellos la región que los vio llegar era sagrada. A partir de entonces, igual que lo había sido antes, la Antártida se convirtió en el centro de la civilización de los Ancianos, y todas las ciudades construidas allí por la progenie de Cthulhu fueron arrasadas. Luego, de pronto, volvieron a hundirse las tierras del Pacífico y se llevaron consigo la temible ciudad de piedra de R'lyeh y a todos los pulpos cósmicos, de manera que los Ancianos volvieron a ser los dueños supremos del planeta, salvo por un sombrío temor del que no les gustaba hablar. En una época posterior sus ciudades cubrían todas las áreas terrestres y acuáticas del globo, de ahí la recomendación que hago en mi monografía de que algún arqueólogo haga perforaciones sistemáticas con aparatos similares a los de Pabodie en determinadas regiones distantes entre sí.

La tendencia constante a través de los siglos fue pasar del agua a la tierra, una emigración que se vio favorecida por el surgimiento de nuevas masas terrestres, aunque nunca abandonaron del todo el océano. Otra causa de dicha emigración fue la dificultad que suponía alimentar y controlar a los Shoggoths de los que dependía el éxito de la vida en el mar. Con el paso del tiempo, como confesaban con tristeza los relieves, el arte de crear vida a partir de la materia inorgánica se perdió, de modo que los Ancianos debieron modelar las formas ya existentes. En tierra, los grandes reptiles resultaron ser muy manejables, pero los Shoggoths del mar, que se reproducían por fisión y estaban adquiriendo accidentalmente una notable inteligencia, se convirtieron durante un tiempo en un grave problema.

Siempre habían estado controlados por el poder hipnótico de los Ancianos que habían modelado su ruda plasticidad para formar miembros y órganos útiles, pero a partir de ese momento emplearon independientemente su capacidad de modelarse a sí mismos según diversas formas imitativas implantadas en el pasado. Al parecer habían desarrollado un cerebro semiestable cuya voluntad independiente y a veces obstinada reproducía los deseos de los Ancianos pero no siempre los obedecía. Los relieves de los Shoggoths nos llenaron a Danforth y a mí de horror y aprensión. Eran entidades informes compuestas de una gelatina viscosa que parecía un aglomerado de burbujas y tenían unos cinco metros de diámetro cuando adoptaban forma de esfera. No obstante, cambiaban constantemente de forma y volumen, desarrollaban, de manera espontánea o por sugestión, aparentes órganos de la vista, el oído y el habla a imitación de sus maestros.

Por lo visto, se volvieron particularmente díscolos a mediados del Pérmico, tal vez hace unos ciento cincuenta millones de años, cuando los Ancianos del mar libraron una auténtica guerra con ellos para volver a dominarlos. Las imágenes de esa guerra, y el modo en que los Shoggoths dejaban a sus víctimas decapitadas y cubiertas de baba, seguían siendo temibles a pesar del abismo de las eras incontables que nos separaba de ellas. Los Ancianos habían utilizado extrañas armas de perturbación molecular contra las entidades rebeldes y al final habían conseguido una victoria completa. Después, los relieves mostraban una época en la que los Ancianos domaban y sojuzgaban a los Shoggoths igual que los vaqueros domaban a los caballos salvajes en el Oeste americano. Aunque durante su rebelión los Shoggoths habían demostrado tener la capacidad de vivir fuera del agua, no estimularon dicha transición, pues su utilidad en tierra no habría compensado la dificultad de dominarlos.

En el Jurásico los Ancianos se enfrentaron a otra invasión del espacio exterior: esta vez unas criaturas mitad hongo mitad crustáceo procedentes de un planeta identificable como el lejano y recién descubierto Plutón; criaturas que sin duda se corresponden con las que aparecen en ciertas leyendas de las montañas del norte y que se recuerdan en el Himalaya como los Mi-Go, o los abominables hombres de las nieves. Para combatir a esos seres, los Ancianos intentaron, por primera vez desde su llegada a la tierra, regresar al éter planetario, pero a pesar de todos los preparativos tradicionales no lograron abandonar la atmósfera terrestre. Cualquiera que hubiese sido el antiguo secreto de los viajes interestelares, la raza lo había olvidado irremisiblemente. Al final los MiGo expulsaron a los Ancianos de las tierras del norte, aunque no pudieron con los del océano. Poco a poco empezó la lenta retirada de la antigua raza a su hábitat antártico original.

Fue curioso reparar por los relieves de las batallas en que tanto la progenie de Cthulhu como los MiGo parecen haber estado compuestos de una materia muy diferente de la que sabemos que estaban hechos los Ancianos. Eran capaces de llevar a cabo transformaciones y reintegraciones imposibles para sus adversarios, por lo que da la impresión de que procedían de abismos aún más remotos del espacio cósmico. Los Ancianos, aparte de su peculiar dureza y de sus extrañas propiedades vitales, eran estrictamente materiales, y debieron de tener su origen en el continuo espacio-temporal conocido, mientras que sólo conteniendo el aliento podemos especular sobre las primeras fuentes de los otros seres. Todo eso, claro, si aceptamos que los vínculos extraterrestres y las anomalías atribuidas a los invasores no son pura mitología. Puede que los Ancianos inventaran un contexto cósmico para justificar sus ocasionales derrotas, pues es evidente que el interés histórico y el orgullo constituían una parte esencial de su psicología. Resulta elocuente que en sus anales no se aluda a otras razas de seres poderosos y avanzados ni a las enormes ciudades que aparecen repetidamente en determinadas leyendas oscuras.

El estado cambiante del mundo a través de largas eras geológicas aparecía registrado con sorprendente viveza en muchos de los mapas y relieves. En algunos casos será necesario revisar las teorías científicas existentes, mientras que en otros sus atrevidas deducciones se ven claramente confirmadas. He dicho ya que la hipótesis de Taylor, Wegener y Joly de que todos los continentes son fragmentos de una masa de tierra antártica original que se resquebrajó por la fuerza centrífuga y derivó sobre una superficie viscosa inferior —hipótesis sugerida por indicios como los perfiles complementarios de África y Sudamérica, y por el modo en que se pliegan y alzan las grandes cadenas montañosas— recibe un gran apoyo de esta fuente extraordinaria.

Los mapas que describen el mundo durante el Carbonífero hace cien millones de años o más muestran claras grietas y fosas destinadas a separar África de los una vez continuos reinos de Europa (entonces la Valusia de la leyenda infernal primigenia), Asia, las Américas y el continente antártico. Otros mapas —y sobre todo uno relacionado con la fundación hace cincuenta millones de años de la enorme ciudad muerta en que nos hallábamos— mostraban los continentes actuales bien diferenciados. Y en el último ejemplo que encontramos —que debía de ser del Plioceno— aparecía aproximadamente el mundo de hoy a pesar de la unión de Alaska con Siberia, de Norteamérica con Europa por Groenlandia y de Sudamérica con el continente antártico a través de la Tierra de Graham. En el mapa del Carbonífero que representaba el globo entero estaban señaladas —tanto en el fondo oceánico como en tierra— las enormes ciudades de piedra de los Ancianos, pero en los mapas posteriores la lenta retirada hacia la Antártida se iba haciendo evidente. El último ejemplo del Plioceno ya sólo mostraba ciudades terrestres en el continente antártico y el extremo de Sudamérica y ninguna ciudad oceánica al norte del paralelo cincuenta de latitud sur. El conocimiento y el interés por el mundo del norte, excepto por un estudio de la línea de la costa realizado probablemente durante largos vuelos de reconocimiento con aquellas alas membranosas en forma de abanico, se habían reducido casi a cero entre los Ancianos.

La destrucción de las ciudades producida por el surgimiento de las montañas, la separación centrífuga de los continentes, las convulsiones sísmicas en tierra y en el océano y otras causas naturales se registraban de manera habitual y era curioso comprobar que a medida que transcurrían las eras geológicas las reconstrucciones se iban volviendo menos frecuentes. La vasta megalópolis muerta que se extendía a nuestro alrededor parecía haber sido el último gran centro de la raza, construido a principios de la era cretácica después de que un gigantesco plegamiento borrara del mapa otra ciudad aún mayor a escasa distancia de allí. Al parecer aquella región era la más sagrada y supuestamente el lugar donde los primeros Ancianos se habían instalado por primera vez en el fondo primigenio del océano. Se suponía que en la nueva ciudad —muchos de cuyos rasgos pudimos reconocer en los relieves, por más que se extendiera en ambas direcciones al menos ciento sesenta kilómetros más allá de los límites de nuestra exploración aérea— se conservaban ciertas piedras sagradas que habían formado parte de la primera ciudad submarina, sacados a la luz después de largas épocas en el curso del plegamiento general de los estratos.

VIII

Como es lógico, Danforth y yo estudiamos con especial interés y un extraño temor reverencial todo lo que se refería a la región en que nos encontrábamos. Naturalmente el material era muy abundante y en el laberíntico nivel del suelo de la ciudad tuvimos la suerte de encontrar una casa de fecha muy reciente cuyas paredes, aunque dañadas por una grieta cercana, tenían relieves de estilo decadente donde se describía la historia de la región mucho más allá del mapa del Plioceno que nos proporcionó un vistazo general del mundo prehumano. Fue el último lugar que estudiamos con detalle, pues lo que hallamos allí nos dio un nuevo objetivo.

Sin duda nos encontrábamos en uno de los rincones más raros, misteriosos y terribles del globo. De todas las regiones existentes era infinitamente la más antigua, y poco a poco nos fuimos convenciendo de que aquella espantosa planicie de pesadilla debía de ser la fabulosa meseta de Leng de la que incluso el demente autor del Necronomicón hablaba sólo a regañadientes. La gran cadena montañosa era tremendamente larga: empezaba como una cordillera de poca altura en la Tierra de Leopoldo, en la costa del mar de Weddell y atravesaba prácticamente todo el continente. La parte más alta se extendía formando un arco desde los 82° de latitud este y 60° de longitud hasta los 70° de latitud este y 115° de longitud, con la parte cóncava hacia nuestro campamento y el extremo más próximo al mar en la región desde cuya costa larga y bloqueada por el hielo vislumbraron sus cumbres Wilkes y Mawson en el Círculo Antártico.

Sin embargo, otras exageraciones de la naturaleza aún más monstruosas parecían estar al alcance de la mano. He dicho que esos picos son más altos que los del Himalaya, pero los relieves me impiden afirmar que sean los más altos del planeta. Ese sombrío honor está reservado más allá de toda duda a algo que la mitad de los relieves no se atrevía a reproducir y en los otros aparecía con visibles temor y repugnancia. Por lo visto había una parte de aquella antigua región —la primera en alzarse de las aguas después de que la Tierra se deshiciera de la Luna y los Ancianos se infiltraran desde las estrellas— que habían acabado evitando por considerarla vaga e indeciblemente maligna. Las ciudades construidas en ella se habían venido abajo antes de tiempo y las habían hallado extrañamente desiertas. Fue entonces cuando el primer gran plegamiento había convulsionado la región en el Comanchiense, una aterradora cadena de picos montañosos se había alzado de pronto entre el caos y la oscuridad más espantosos y habían surgido en la Tierra las montañas más altas y temibles.

Si la escala de los relieves era correcta, aquellas odiadas cumbres debían de superar con mucho los doce mil metros —unas alturas inconcebiblemente mayores incluso que las impresionantes Montañas de la Locura que habíamos atravesado—. Al parecer se extendían desde los 77° de latitud este y los 70° de longitud hasta los 70° de latitud este y los

100° de longitud, a menos de quinientos kilómetros de la ciudad muerta, de modo que de no ser por aquella neblina vaga y opalescente habríamos visto asomar sus temidas cimas por el oeste. El extremo norte también debe de ser visible desde la larga costa del Círculo Antártico en la Tierra de la Reina María.

Algunos Ancianos, en los días de su decadencia, habían hecho extrañas invocaciones a dichas montañas, pero ninguno osó ir allí jamás ni se atrevió a aventurar lo que había al otro lado. El ojo humano no las había visto, y al estudiar las emociones retratadas en los relieves, recé para que nadie las viera nunca. Están protegidas por montañas a lo largo de la costa —la Tierra de la Reina María y la del Káiser Guillermo— y doy gracias al cielo de que nadie haya podido desembarcar en ellas y escalarlas. Ya no me muestro escéptico ante las antiguas leyendas y temores, ni me río ante la idea del escultor prehumano de que los rayos caían alternativamente en cada una de las cimas, o de que un resplandor inexplicable brillaba en uno de esos terribles pináculos durante la larga noche polar. Puede que haya una monstruosa verdad en las antiguas insinuaciones pnakóticas sobre Kadath en el Desierto Helado.

Pero el terreno que nos rodeaba era igual de extraño, aunque no estuviese tan inconcebiblemente maldito. Poco después de la fundación de la ciudad, la gran cadena montañosa se había convertido en la sede de los principales templos, y muchos relieves mostraban las grotescas y fantásticas torres que se habían alzado hacia el cielo allí donde ahora sólo veíamos extraños cubos y baluartes. Con el paso de las eras geológicas habían aparecido las cuevas que llegarían a ser una especie de dependencias de los templos. En épocas posteriores las aguas subterráneas perforaron todas las vetas calizas de la región, de manera que las montañas, las estribaciones de las mismas y los llanos que había más abajo se convirtieron en una auténtica red de cavernas y galerías conectadas. Muchos relieves narraban las exploraciones subterráneas y el hallazgo final del mar estigio y sin sol que se ocultaba en las entrañas de la Tierra.

Aquel enorme abismo nocturno lo había excavado sin duda el gran río que fluía desde las innombrables y horribles montañas occidentales, y que al principio había cambiado su curso al llegar al pie de la cordillera de los Ancianos y había fluido a lo largo de dicha cadena montañosa hasta el océano Índico entre la Tierra de Budd y la de Totten, en la costa de Wilkes. Poco a poco había ido erosionando la base de caliza en la curva, hasta que por fin sus corrientes se infiltraron hasta las cavernas de las aguas subterráneas y se unieron a ellas para formar un abismo aún más profundo. Por fin acabó vaciando todo su caudal en aquella oquedad de las montañas y el antiguo lecho que llegaba hasta el océano se secó. Gran parte de la ciudad tal como la habíamos encontrado se había construido después sobre aquel lecho seco. Los Ancianos, al comprender lo sucedido, ejercitaron su siempre agudo sentido artístico, y tallaron en forma de pilares los salientes de las estribaciones donde la gran corriente empezaba su descenso hasta la oscuridad eterna.

Aquel río, atravesado antaño por decenas de nobles puentes de piedra, era sin duda el mismo que habíamos visto durante el vuelo de reconocimiento. Su situación en los diferentes relieves de la ciudad nos ayudó a orientarnos y a formarnos una idea del lugar en las sucesivas etapas de los eones de historia de la región, de modo que pudimos esbozar un apresurado aunque detallado mapa de sus rasgos más característicos —las plazas, los edificios destacados y demás— que sirviese de guía en futuras exploraciones. Muy pronto pudimos reconstruir en la imaginación aquel portentoso conjunto tal como había sido uno, diez o cincuenta millones de años antes, pues los relieves describían con exactitud el aspecto de los edificios, las montañas, las plazas, los arrabales, el paisaje y la feraz vegetación del Terciario. Debía de ser de una belleza mística y maravillosa, y al imaginarla casi olvidé la pegajosa sensación de siniestro desasosiego con que me habían oprimido y acongojado el ánimo la inmensa antigüedad, el tamaño descomunal, la muerte, la lejanía y el crepúsculo glacial de la ciudad. No obstante, según algunos relieves, los habitantes de la ciudad también habían sentido las garras de un miedo angustioso, pues había una escena sombría y recurrente en la que los Ancianos aparecían huyendo asustados de algún objeto —que nunca aparecía en los dibujos— presente en el gran río y que, según indicaban, había sido arrastrado a través de los ondulantes bosques de cicas cubiertas de enredaderas desde aquellas espantosas montañas de occidente.

Sólo en el edificio de construcción más reciente donde se hallaban los relieves decadentes conseguimos alguna pista sobre la catástrofe que había llevado al abandono de la ciudad. Sin duda, debía de haber muchos relieves de la misma época a pesar de las reducidas energías y aspiraciones de un tiempo plagado de tensiones e incertidumbre, y de hecho poco después encontramos pruebas evidentes de su existencia, sin embargo, ésos fueron los primeros y los únicos que vimos directamente. Nuestra intención era seguir buscando, pero como he dicho las circunstancias nos hicieron cambiar de objetivo. De todos modos, debió de haber un límite, pues cuando los Ancianos abandonaron toda esperanza de seguir habitando en aquel lugar sin duda interrumpieron la decoración de las paredes. El golpe definitivo, por supuesto, fue la llegada de la glaciación que ahora tenía la región bajo su yugo y que no ha abandonado los malhadados polos, la gran glaciación que, en el otro extremo del mundo, puso fin a las tierras fabulosas de Lomar e Hiperbórea.

Sería difícil decir con exactitud cuándo empezó esa tendencia en la Antártida. Hoy fijamos el inicio del período glacial hace unos quinientos mil años, pero en los polos la terrible catástrofe debió empezar mucho antes. Todos los cálculos cuantitativos son en parte conjeturas, pero es muy probable que los relieves decadentes se llevaran a cabo hace menos de un millón de años, y que el abandono definitivo de la ciudad se completara antes del inicio del Pleistoceno —hace unos quinientos mil años— tal como se calcula convencionalmente para toda la superficie de la Tierra.

En los relieves decadentes había indicios de que la vegetación había empezado a escasear en todas partes y de una menor vida rural por parte de los Ancianos. Se veían aparatos de calefacción en las casas y quienes tenían que viajar en invierno lo hacían envueltos en ropa de abrigo. Luego vimos una serie de cartuchos (las franjas continuas se interrumpían con frecuencia en aquellos relieves tardíos) donde se describía una emigración cada vez más frecuente hacia las zonas cálidas más cercanas, algunos huían a las ciudades subacuáticas en la lejana costa y otros se refugiaban en la red de cavernas calizas que conducían al negro abismo de las aguas subterráneas.

Al final, parece que fue dicho abismo el que acogió a la mayoría de los colonos. Sin duda, en parte se debió al tradicional carácter sagrado de la región, aunque tal vez influyera de manera decisiva la posibilidad de seguir utilizando los grandes templos en la colmena de las montañas, y de conservar la gigantesca ciudad como lugar de residencia en verano y como base de comunicación con las diversas minas. La conexión entre las antiguas viviendas y las nuevas se hizo más eficaz mediante el añadido de escaleras y mejoras de las rutas de enlace, entre ellas la excavación de varios túneles directos desde la antigua metrópolis hasta el negro abismo, túneles que bajaban bruscamente y cuya boca dibujamos cuidadosamente, según los cálculos más precisos, en el mapa-guía que estábamos haciendo. Era evidente que al menos dos de aquellos túneles estaban a una distancia razonable de donde nos encontrábamos; ambos se hallaban en la parte de la ciudad que daba a la montaña, uno a medio kilómetro siguiendo el antiguo curso del río, y el otro tal vez al doble de esa distancia en la dirección contraria.

El abismo, al parecer, tenía franjas de tierra en las orillas, pero los Ancianos habían construido la nueva ciudad bajo el agua, sin duda para garantizar la uniformidad de la temperatura. La profundidad del mar oculto daba la impresión de ser muy grande, por lo que el calor interno de la Tierra aseguraba su habitabilidad por un tiempo indefinido. Los seres no habían tenido dificultad en adaptarse a vivir parte del tiempo —y por fin todo el tiempo— bajo el agua, pues nunca habían dejado que se atrofiaran sus sistemas de branquias. Vimos muchos relieves que describían las frecuentes visitas de sus parientes submarinos y los baños en el fondo del gran río. La oscuridad del interior de la tierra tampoco había disuadido a una raza habituada a las largas noches antárticas.

A pesar de su estilo indudablemente decadente, aquellos relieves tardíos tenían una calidad épica y sincera cuando narraban la construcción de la nueva ciudad en el mar de la caverna. Los Ancianos la habían llevado a cabo de manera científica, arrancando rocas insolubles del corazón de las montañas y empleando obreros expertos de la ciudad submarina más cercana para realizar las obras de construcción según los mejores métodos. Dichos obreros llevaron consigo todo lo necesario para aquella empresa: tejido de Shoggoth para criar bestias de carga que acarrearan las piedras, y otra materia protoplasmática con la que fabricar organismos fosforescentes para la iluminación.

Por fin una gran metrópolis se alzó en el fondo de aquel mar estigio; su arquitectura era muy similar a la de la ciudad de arriba y su técnica era relativamente poco decadente por la precisión matemática inherente a la construcción. Los nuevos Shoggoths llegaron a adquirir un tamaño enorme y una inteligencia singular y los relieves los representan aceptando y ejecutando órdenes con una rapidez sorprendente. Por lo visto, conversaban con los Ancianos imitando sus voces —una especie de silbido musical de una amplia gama, si las deducciones del pobre Lake eran correctas— y trabajaban obedeciendo órdenes verbales y no por sugestión hipnótica como en épocas anteriores. No obstante, fueron sometidos a un control estricto. Los organismos fosforescentes proporcionaban luz con gran eficacia, y compensaban así la pérdida de las familiares auroras polares en la noche exterior.

El arte y la decoración continuaron, aunque evidenciaron cierta decadencia. Los Ancianos parecían ser conscientes de su ocaso, y en muchos casos al trasladar bloques de relieves especialmente hermosos de su antigua ciudad, se adelantaron a la política de Constantino el Grande, que en una época de declive similar despojó a Grecia y Asia de su arte más bello para proporcionar a la nueva capital bizantina más esplendor del que era capaz de crear su propio pueblo. La razón de que el traslado de los bloques no se generalizara se debió sin duda a que al principio no abandonaron del todo la ciudad terrestre. Cuando se completó la evacuación —al comienzo del Pleistoceno polar—, es posible que los Ancianos se hubiesen acostumbrado a su arte decadente, o que hubiesen dejado de apreciar el mérito de las tallas más antiguas. En cualquier caso, aquellas ruinas que llevaban eones en silencio no habían sufrido una expoliación total, aunque las mejores estatuas, al igual que los objetos trasladables, habían desaparecido.

Los pedestales y cartuchos decadentes que contaban esta historia fueron, como he dicho, los últimos que pudimos encontrar en nuestra limitada exploración. Nos dejaron la imagen de los Ancianos yendo y viniendo entre la ciudad terrestre en verano y la ciudad en el mar de la caverna en invierno y manteniendo un comercio ocasional con las ciudades submarinas de la costa antártica. Por esa época debieron de dar definitivamente por perdida la ciudad, pues los relieves mostraban numerosos indicios del maligno avance del frío. La vegetación siguió declinando y las terribles nieves del invierno ya no se deshacían ni siquiera en verano. El ganado reptiliano casi desapareció y los mamíferos resistieron a duras penas. Para seguir con el trabajo en el mundo exterior se hizo necesario adaptar a la vida terrestre a algunos de los amorfos Shoggoths extrañamente invulnerables al frío, cosa a la que los Ancianos siempre se habían resistido. El gran río corría sin vida y el mar superior había perdido a casi todos sus habitantes excepto las focas y las ballenas. Todas las aves, menos los grandes y grotescos pingüinos, habían huido.

Sólo pudimos conjeturar lo sucedido después. ¿Cuánto tiempo sobrevivió la nueva ciudad del mar de la caverna? ¿Seguía allí abajo convertida en un cadáver de piedra en la eterna negrura? ¿Se congelaron por fin las aguas subterráneas? ¿Cuál fue el destino de las ciudades del fondo oceánico en el mundo exterior? ¿Se trasladó alguno de los Ancianos hacia el norte más allá del casquete polar? La geología actual no muestra rastro de su presencia. ¿Continuaron siendo los pavorosos Mi-Go una amenaza en el mundo exterior septentrional? ¿Podíamos estar seguros de lo que podía o no perdurar incluso entonces en los oscuros e insondables abismos de las aguas más profundas del planeta? Aquellos seres parecían capaces de soportar cualquier presión... y los marineros han pescado a veces extrañas criaturas. ¿Ha explicado la teoría de las orcas las brutales y misteriosas cicatrices en las focas antárticas descubiertas hace una generación por Borchgrevink?

Los especímenes hallados por el pobre Lake no entraban en dichas especulaciones, pues los datos geológicos indicaban que habían vivido en lo que debió de ser una fecha muy temprana de la ciudad terrestre. De acuerdo con el lugar donde los habían encontrado tendrían al menos treinta millones de años, y, según nuestros cálculos, en aquel entonces no existían la ciudad del mar de la caverna ni la propia caverna. Ellos habrían recordado una escena más antigua, con una exuberante vegetación terciaria, una ciudad más joven en la que florecían las artes y por la que pasaba un gran río en dirección norte al pie de las enormes montañas hacia un lejano océano tropical.

No obstante, no podíamos dejar de pensar en aquellos ejemplares, sobre todo en los ocho que se hallaban en perfecto estado y que habían desaparecido del campamento horriblemente asolado de Lake. Había algo anómalo en todo aquello: lo que habíamos intentado atribuir a la locura de alguien, las horribles tumbas, la cantidad y la naturaleza del material desaparecido, Gedney, la sobrenatural dureza de aquellas monstruosidades arcaicas y los extraños hábitos que nos habían revelado los relieves de aquella raza... Danforth y yo habíamos visto muchas cosas en las últimas horas, estábamos dispuestos a creer y a guardar silencio acerca de muchos secretos atroces e increíbles de la naturaleza primigenia.

IX

He dicho ya que el examen de los relieves decadentes nos hizo cambiar de objetivo. Por supuesto, la causa fueron las galerías abiertas hasta el negro mundo interior, de cuya existencia nada habíamos sabido, pero que estábamos deseando encontrar y recorrer. Por la escala de los relieves dedujimos que un recorrido cuesta abajo de cerca de dos kilómetros por cualquiera de los túneles más cercanos nos conduciría al borde de los oscuros y vertiginosos acantilados que se alzaban sobre el gran abismo por cuyos flancos los senderos construidos por los Ancianos conducían a la orilla rocosa del oculto océano nocturno. Contemplar aquella sima fabulosa era una tentación a la que nos pareció imposible resistirnos una vez tuvimos noticia de su existencia, aunque comprendimos que si queríamos incluir la exploración en ese vuelo debíamos emprenderla cuanto antes.

Eran las ocho de la tarde y no teníamos pilas de repuesto para iluminarnos todo el camino. Nos habíamos entretenido tanto tiempo estudiando y haciendo bocetos por debajo del nivel glacial que habíamos consumido como mínimo cinco horas de energía y, a pesar de la fórmula especial de pilas secas, sólo durarían unas cuatro horas más, aunque si reservábamos una linterna para los lugares especialmente interesantes o difíciles podríamos arreglárnoslas para tener cierto margen de seguridad. No tenía sentido internarse sin luz en aquellas catacumbas ciclópeas, por ello, si queríamos hacer aquella excursión al abismo, debíamos renunciar a seguir descifrando los relieves murales. Por supuesto, nuestra intención era volver a aquel lugar y consagrar días e incluso semanas al estudio y la fotografía intensivos, pues hacía tiempo que la curiosidad se había sobrepuesto al horror, pero debíamos darnos prisa. Nuestra provisión de papel para ir dejando rastro no era infinita y no queríamos sacrificar los cuadernos de notas o el papel para los bocetos, aunque nos deshicimos de un grueso cuaderno. En el peor de los casos podíamos hacer muescas en las rocas y, por supuesto, si nos perdíamos, nos quedaría la posibilidad de salir por algún canal siempre que tuviésemos tiempo de probar unos y otros.

Según los relieves en los que nos habíamos basado para hacer el mapa, la boca del túnel se hallaba como mucho a medio kilómetro del lugar donde nos encontrábamos; en el trecho que mediaba había edificios de gran tamaño que probablemente podríamos atravesar incluso por debajo del nivel glacial. La propia entrada se hallaría en la base —en el ángulo más próximo a las montañas— de una enorme estructura de cinco puntas de uso evidentemente público y tal vez ceremonial que intentamos recordar del vuelo de reconocimiento. No nos sonaba haber visto dicha estructura, por lo que concluimos que la parte superior debía de estar muy dañada o que se habría derrumbado por culpa de una grieta en el hielo en la que sí habíamos reparado. En tal caso, el acceso al túnel estaría tapado, por lo que deberíamos probar suerte en el otro, que estaba a menos de dos kilómetros al norte. El lecho del río nos impedía intentarlo en cualquiera de los túneles más al sur, y si los dos túneles más próximos estaban cegados era dudoso que tuviésemos pilas suficientes para llegar al siguiente que había al norte y que estaba a unos dos kilómetros de nuestra segunda elección.

Mientras avanzábamos por el lóbrego laberinto con la ayuda del mapa y la brújula, atravesando estancias y pasadizos en diversos estados de conservación, subiendo por rampas, cruzando puentes y salones a nivel del suelo y volviendo a bajar, topándonos con puertas bloqueadas por montones de cascotes, apresurándonos de cuando en cuando por tramos extraordinariamente bien conservados, siguiendo pistas equivocadas que nos obligaban a desandar el camino andado (y a recoger los papeles que habíamos ido dejando), y pasando a veces por debajo de alguna grieta por la que entraba o se colaba la luz exterior, nos tentaron en numerosas ocasiones los relieves murales que vimos por el camino.

Muchos debían de contar sucesos de enorme importancia histórica, y sólo la perspectiva de nuestras futuras visitas nos animó a pasar de largo. De todos modos de vez en cuando aminorábamos el paso y encendíamos la segunda linterna. Si hubiésemos tenido más película sin duda nos habríamos detenido un momento para fotografiar ciertos bajorrelieves, pero pararnos a copiarlos a mano estaba descartado.

Vuelvo a llegar a un punto en el que las dudas o la tentación de insinuar más que de afirmar se vuelven muy fuertes. No obstante, si quiero justificar mis motivos para desaconsejar nuevas exploraciones, debo revelarlo todo. Nos habíamos abierto paso hasta llegar muy cerca del lugar donde habíamos calculado que se hallaba la boca del túnel —después de cruzar por un puente a la altura del segundo piso hasta el extremo de una pared y descender por un pasadizo en ruinas en el que abundaban los relieves de factura tardía muy decadentes y elaborados, y aparentemente ritualistas— cuando, alrededor de las ocho y media de la tarde, el fino olfato del joven Danforth nos advirtió de algo inusual. Supongo que si hubiésemos llevado con nosotros un perro nos habría avisado antes. Al principio no acertamos a decir qué le ocurría al aire antes puro y cristalino, pero al cabo de unos segundos nuestra memoria lo recordó con suma claridad. Intentaré explicarlo sin vacilar. Notamos un olor vago, sutil e inconfundiblemente parecido al que nos había producido náuseas al abrir la demencial sepultura de aquel espanto que había diseccionado el pobre Lake.

Por supuesto, la revelación no fue tan evidente como suena ahora. Había varias explicaciones posibles, y pasamos un buen rato indecisos murmurando. Lo primordial es que no retrocedimos, después de haber llegado tan lejos nos repugnaba la idea de volver atrás si no era ante la evidencia de una catástrofe segura. En cualquier caso, lo que sospechábamos era demasiado descabellado para ser cierto. Cosas así no ocurren en el mundo normal. Probablemente fue un puro instinto irracional lo que nos impulsó a atenuar la luz de nuestra única linterna —los siniestros y decadentes relieves que nos miraban desdeñosos desde las opresivas paredes habían dejado de tentarnos— y continuar la marcha de puntillas, trepando por el suelo cada vez más cubierto de escombros y montones de cascotes.

Danforth demostró no sólo tener mejor olfato, sino también mejor vista que yo, pues fue también él quien reparó en el extraño aspecto de los cascotes después de que atravesáramos muchos pasadizos casi cegados que conducían a estancias y pasillos a nivel del suelo. No daban la impresión de llevar tantos miles de años abandonados, y cuando aumentamos con mucha precaución la intensidad de la luz vimos que había una especie de pasillo entre ellos. La naturaleza irregular de los cascotes impedía que hubiese marcas claras, pero parecía que alguien hubiese arrastrado algún objeto pesado por los sitios más despejados. En una ocasión creímos ver una especie de rastros paralelos, como el de unos patines. Eso hizo que volviéramos a detenernos.

En ese momento fue cuando notamos —los dos al mismo tiempo— el otro olor que llegaba de delante. Aunque parezca paradójico nos resultó al mismo tiempo más y menos espantoso: menos espantoso en sí mismo, pero infinitamente atroz en ese lugar y en aquellas circunstancias…, a menos, claro, que Gedney…, porque lo que percibimos fue olor a gasolina, a gasolina normal y corriente.

Nuestra motivación a partir de entonces es algo que dejaré a los psicólogos. Ahora estábamos seguros de que alguna terrible prolongación de los horrores del campamento se había arrastrado hasta aquel oscuro cementerio de eones, y ya no había ninguna duda de que una situación inconcebible, actual, o al menos reciente, aguardaba un poco más adelante. Sin embargo, al final dejamos que la pura curiosidad, la preocupación, la autosugestión, un vago sentimiento de responsabilidad hacia Gedney o quién sabe qué nos empujara a seguir. Danforth volvió a aludir con un susurro a la huella que le había parecido ver al doblar la esquina en las ruinas de arriba y al leve silbido musical, que después del informe de disección de Lake había cobrado un terrible significado a pesar de su parecido con los ecos de las cuevas en las ventosas cumbres de las montañas, y que había creído oír procedentes de las desconocidas profundidades. Yo, a mi vez, le recordé el estado en que había quedado el campamento, las cosas que habían desaparecido y que la locura de un único superviviente había conseguido algo inimaginable: cruzar las pavorosas montañas y descender hasta aquella construcción desconocida y primigenia.

Pero no logramos convencernos, ni siquiera a nosotros mismos, de nada definitivo. Habíamos apagado la luz y vimos que una leve claridad se filtraba desde el exterior e impedía que la oscuridad fuese absoluta. Tras reemprender maquinalmente la marcha, nos guiamos encendiendo de vez en cuando la linterna. Los cascotes amontonados nos habían causado una impresión de la que no lográbamos deshacernos, y el olor a gasolina iba en aumento. Cada vez encontrábamos más restos que dificultaban nuestro paso, hasta que muy pronto comprendimos que no podríamos seguir. Habíamos acertado en nuestro cálculo pesimista sobre la grieta entrevista desde el aire. El túnel estaba por completo cegado y ni siquiera podríamos llegar al lugar donde se hallaba el acceso al abismo.

La linterna, al iluminar los grotescos relieves de las paredes del pasillo obstruido en que nos encontrábamos, nos mostró varias entradas más o menos bloqueadas, en una de las cuales el olor a gasolina tenía una especial intensidad y casi tapaba el otro indicio de olor. Al fijarnos con más atención vimos que sin duda alguien había apartado los cascotes de aquella entrada en concreto. Fuese lo que fuese el horror que estuviese acechándonos, estaba claro cuál era el camino hacia él. No creo que a nadie le extrañe que tardásemos un buen rato en reanudar la marcha.

No obstante, cuando por fin nos aventuramos por aquel oscuro arco, la primera impresión fue de decepción, pues en toda la extensión cubierta de piedras de la cripta tallada —un cubo perfecto de unos tres metros por cada lado— no había ningún objeto de tamaño apreciable; así que miramos instintivamente, aunque en vano, en busca de otra entrada. Un instante después, la aguda vista de Danforth identificó un lugar donde habían limpiado los cascotes del suelo y encendimos las dos linternas a plena potencia. Aunque lo que vimos a la luz era simple y trivial, no por eso siento menos reparos en contarlo por todo lo que implicaba. Alguien había nivelado toscamente los cascotes, había dejado desperdigados sobre ellos varios objetos de pequeño tamaño, y había vertido hacía poco en un rincón suficiente gasolina para dejar un fuerte olor incluso a la extremada altitud de la meseta. En otras palabras, no podía tratarse más que de una especie de campamento..., el campamento de algunos seres que, como nosotros, habían visto frustrada su exploración al encontrar cegado el acceso al abismo.

Seré claro. Los objetos desperdigados procedían, en lo que se refiere a su sustancia, del campamento de Lake y eran latas de comida abiertas de modos tan insólitos como los del campamento arrasado, muchas cerillas quemadas, tres libros ilustrados más o menos manchados, un tintero vacío y su caja de cartón con las instrucciones, una pluma estilográfica rota, varios trozos de pieles y de la tienda extrañamente recortados, una pila eléctrica usada con sus instrucciones y un reguero de papeles arrugados. No era un buen indicio, pero cuando alisamos los papeles y vimos lo que había en ellos aún nos pareció peor. Los papeles emborronados que habíamos encontrado en el campamento deberían habernos prevenido, pero verlos allí, en las bóvedas prehumanas de una ciudad de pesadilla, se nos hizo casi insoportable.

Si Gedney se hubiera vuelto loco habría podido dibujar los grupos de puntos imitando los que habíamos encontrado en las esteatitas verdosas, iguales a los que vimos en las demenciales tumbas estrelladas; y también podría haber hecho toscos y apresurados bocetos —más o menos exactos— de los alrededores y trazado una ruta, diferente a la que habíamos seguido nosotros, desde un lugar representado con un círculo —un lugar que identificamos como una gran torre cilíndrica en los relieves y una enorme sima circular que habíamos visto en el vuelo de reconocimiento— hasta la estructura de cinco puntas donde nos hallábamos en ese momento y la boca del túnel que había detrás. Repito que podría haber bosquejado aquellos bocetos, pues era evidente que se habían hecho, como los nuestros, a partir de los relieves tardíos de algún lugar del laberinto glacial, aunque no eran los mismos que habíamos visto y utilizado nosotros. Pero lo que no podría haber hecho jamás una persona sin dotes artísticas como él es ejecutar aquellos bocetos con la seguridad y la extraña técnica, tal vez incluso superior —a pesar de la prisa y el descuido—, de cualquiera de los relieves decadentes en los que estaban inspirados: la técnica típica e inconfundible de los Ancianos en los días de gloria de la ciudad muerta.

Habrá quienes digan que Danforth y yo fuimos unos locos al no salir huyendo, pues nuestras conclusiones —por muy descabelladas que fuesen— eran muy claras y no necesito precisar su naturaleza a quienes hayan leído mi relato hasta aquí. Puede que lo fuésemos, ¿no he dicho ya que aquellas horribles cumbres eran las Montañas de la Locura?, pero creo poder detectar el mismo espíritu —aunque no de una forma tan extrema— en quienes acechan a bestias mortíferas en las selvas africanas para fotografiarlas o estudiar su comportamiento. Por más que estuviésemos casi paralizados por el miedo, había en nuestro interior una chispa de curiosidad que al final acabó triunfando.

Por supuesto, nuestra intención no era enfrentarnos a lo o a los que sabíamos que habían estado allí, pero pensamos que ya debían de haberse ido. A esas alturas ya habrían encontrado el otro acceso al abismo y se habrían adentrado en el oscuro fragmento del pasado que pudiera estar esperándoles. O, si esa entrada también estaba bloqueada, habrían ido al norte en busca de otra. Recordamos que no dependían sino parcialmente de la luz.

Al evocar ese momento, apenas puedo reproducir la forma precisa que adoptaron nuestras emociones, cuál fue el cambio de objetivo que agudizó de ese modo nuestras expectativas. Desde luego, no queríamos enfrentarnos a lo que tanto temíamos, aunque no niego que tal vez albergáramos el deseo oculto e inconsciente de observar a aquellos seres desde algún escondrijo. Es posible que ni siquiera hubiésemos renunciado a nuestra intención de vislumbrar el propio abismo, aunque se había interpuesto una nueva meta en la forma de aquel sitio circular de los bocetos que acabábamos de encontrar. Enseguida habíamos reconocido que era una descomunal torre cilíndrica presente en los primeros relieves, pero que desde el aire era sólo una gigantesca abertura circular. La viveza con que estaba reproducida en aquellos esquemas apresurados nos hizo pensar que debía de conservar rasgos de peculiar importancia en el nivel subglacial. Tal vez fuesen maravillas arquitectónicas distintas a las que habíamos visto hasta el momento. Desde luego, según los relieves, su antigüedad debía ser increíble, pues era uno de los primeros edificios construidos en la ciudad. Sus tallas, en caso de haberse conservado, tendrían una importancia enorme. Además, podía ser un vínculo con el mundo exterior, una ruta más corta que la que estábamos buscando y probablemente la que habían utilizado los otros.

En cualquier caso, lo que hicimos fue estudiar los terribles bocetos —que coincidían a la perfección con los nuestros— y retroceder por la ruta indicada hacia la sima circular, siguiendo el camino que nuestros innombrables predecesores debían de haber recorrido dos veces antes que nosotros. La otra puerta al abismo debía de estar más lejos. No es necesario que dé detalles del recorrido —en el que seguimos dejando un rastro de papel—, pues fue exactamente igual que el que habíamos utilizado para llegar al callejón sin salida, aunque discurría más cerca del nivel del suelo e incluso descendía a los pasadizos del sótano. De vez en cuando encontrábamos ciertas marcas turbadoras en los cascotes y los restos que había bajo nuestros pies; y al dejar atrás el olor a gasolina volvimos a notar —de vez en cuando— el otro olor más persistente y espantoso. Cuando el camino se apartó de nuestra anterior ruta, iluminamos furtivamente las paredes con nuestra única linterna y vimos en todos los casos los casi omnipresentes relieves, que parecen haber sido un rasgo estético predominante entre los Ancianos.

A eso de las nueve y media de la noche, mientras recorríamos un pasillo abovedado de techo cada vez más bajo, y cuyo piso helado parecía estar más o menos por debajo del nivel del suelo y creímos ver una claridad y pudimos apagar la linterna. Daba la impresión de que estuviésemos acercándonos al gran sitio circular, y de que la distancia al exterior no fuese muy grande. El pasillo terminaba en un arco sorprendentemente bajo para esas ruinas megalíticas, pero incluso antes de atravesarlo pudimos ver mucho a través de él. Al otro lado se extendía un prodigioso espacio redondo —de unos setenta metros de diámetro— cubierto de cascotes y con muchos arcos cegados que correspondían al que estábamos a punto de cruzar. En los sitios donde era posible las paredes estaban cubiertas de enormes relieves en espiral que mostraban, a pesar de la erosión, un esplendor artístico muy superior al que habíamos visto hasta entonces. El suelo cubierto de cascotes estaba helado, e imaginamos que el verdadero fondo se hallaba a mucha más profundidad.

Pero lo más llamativo era la titánica rampa de piedra que, evitando los arcos con un brusco giro, ascendía en espiral por el interior de la imponente pared cilíndrica igual que las que antaño subían por el exterior de las gigantescas torres o zigurats de la antigua Babilonia. Sólo el apresuramiento del vuelo y el efecto de la perspectiva que nos había hecho confundir el hueco con la pared de la torre nos habían impedido reparar en ella desde el aire y por eso habíamos buscado otro acceso al nivel subglacial. Pabodie podría habernos dicho qué tipo de ingeniería la mantenía en pie, pero Danforth y yo nos limitamos a admirarla maravillados. Vimos gruesas ménsulas y pilares aquí y allá, pero no parecían suficientes para dicha función. El conjunto estaba muy bien conservado hasta el actual remate de la torre —una circunstancia notable si se tiene en cuenta que estaba muy expuesto a la erosión— y había contribuido mucho a proteger los extraños y turbadores relieves de representaciones cósmicas de las paredes.

Al internarnos en la cegadora claridad del fondo de aquel monstruoso cilindro —de cincuenta millones de años de antigüedad y sin duda la estructura más antigua que habíamos visto— vimos que la rampa se alzaba vertiginosamente hasta una altura de unos veinte metros. Por lo que recordábamos de nuestra exploración aérea, eso significaba que la capa de hielo de fuera tenía un espesor de unos diez metros, pues la sima que habíamos visto desde el aire se hallaba en lo alto de un montículo de escombros de unos seis metros y protegido en parte por la gruesa muralla de una línea de ruinas más altas. Según los relieves, la torre original se había alzado en el centro de una inmensa plaza circular, y tenía entre ciento cincuenta y doscientos metros de altura, con gradas de discos horizontales cerca de la cúspide, y una hilera de pináculos en forma de aguja en el borde superior. Era evidente que la mayor parte se había derrumbado hacia fuera más que hacia dentro, y era una suerte porque de lo contrario podría haberse destruido la rampa y haberse cegado el interior. A pesar de todo había sufrido un deterioro notable y sólo hacía poco habían despejado parcialmente el acceso a los arcos de abajo.

Apenas tardamos un instante en concluir que ésa era la ruta que habían utilizado los otros para descender, y que sería el camino lógico que seguiríamos en nuestro ascenso a pesar del largo rastro de papeles que habíamos ido dejando en otra parte. La boca de la torre no distaba más del avión en las estribaciones de las montañas que el gran edificio con terrazas por el que habíamos entrado, y cualquier exploración subglacial que hiciésemos en ese viaje tendría que limitarse a esa región. Extrañamente, seguíamos pensando en ulteriores exploraciones, incluso a pesar de lo que habíamos visto y deducido. Luego, mientras nos abríamos paso con cautela entre los cascotes, vimos algo que nos hizo olvidar todo lo demás.

Se trataba de tres trineos, pulcramente alineados en un extremo de la parte más baja y saliente de la rampa, que nos los había tapado hasta entonces. Ahí los teníamos —los tres trineos del campamento de Lake—, destartalados por el esfuerzo que debió suponer arrastrarlos a la fuerza por las grandes extensiones cubiertas de restos y cascotes, y cargar con ellos por los sitios más impracticables. Estaban cuidadosa e inteligentemente atados y empaquetados, y contenían cosas muy familiares —la gasolina, las latas de combustible, las cajas del instrumental, las conservas, unos sacos de lona alquitranada llenos de libros y otros de contenido más incierto—, todo procedente del equipo de Lake. Lo que habíamos encontrado en la otra sala nos había preparado en parte para aquel descubrimiento. El verdadero sobresalto nos lo llevamos cuando nos adelantamos y abrimos uno de los sacos de lona cuyo perfil nos había inquietado. Por lo visto, no sólo Lake se había dedicado a recoger especímenes; ahí había dos, congelados, muy bien conservados y con cinta adhesiva en las heridas del cuello. Eran los cadáveres del joven Gedney y del perro que faltaba.

X

Habrá quien nos tache de locos insensibles por pensar en el túnel norte y el abismo justo después de un hallazgo tan siniestro, y debo decir que no nos lo habríamos planteado tan pronto de no haber sido por una circunstancia concreta, que suscitó una nueva serie de especulaciones. Acabábamos de tapar al pobre Gedney con la lona y estábamos sumidos en una especie de muda perplejidad cuando reparamos en los ruidos, los primeros que oíamos desde que bajamos del terreno abierto donde apenas se notaba el viento de la montaña, que gemía débilmente desde aquellas alturas ultraterrenas. Por conocidos y mundanos que fuesen, su presencia en aquel mundo muerto y remoto era más inesperada e inquietante que cualquier otro sonido grotesco o fabuloso..., pues hizo que se tambalearan todas nuestras ideas sobre la armonía cósmica.

De haberse tratado de aquel extraño silbido musical de variada gama que el informe de disección de Lake nos había inducido a esperar de aquellos seres —y que sin duda nuestra excitada imaginación había creído adivinar en cada aullido del viento que habíamos oído desde que descubrimos el horror del campamento— habría tenido cierta congruencia en esa región muerta desde hacía eones. Sin embargo, el ruido que oímos dio en tierra con nuestra idea más asentada: la tácita aceptación de que el interior del continente antártico era un desierto tan desprovisto de cualquier vestigio de vida normal como el disco estéril de la luna. Lo que oímos no fue el grito fabuloso de ninguna execración sepultada en una tierra primigenia y de cuya sobrenatural resistencia el repudiado sol polar hubiese arrancado una respuesta monstruosa. Al contrario, se trató de algo tan normal y tan inequívocamente asociado a los días que habíamos pasado en el mar, cerca de Tierra Victoria, y en el campamento, en el estrecho de McMurdo, que nos estremecimos al imaginarlo allí donde no debía estar. Fue, en suma, el simple y ronco graznido de un pingüino.

El sonido apagado nos llegó desde unas grietas a nivel subglacial, justo enfrente del pasillo por el que habíamos llegado, un lugar claramente en la dirección del túnel que conducía al abismo. La presencia de un ave marina en semejante sitio —en un mundo cuya superficie no había albergado vida desde tiempo inmemorial— sólo podía llevar a una conclusión, por eso nuestro primer impulso fue comprobar la realidad objetiva del sonido. De hecho, se repitió y a veces nos dio la impresión de que procedía de más de una garganta. En busca de su origen, nos internamos por un pasadizo del que habían apartado casi todos los cascotes y, en cuanto abandonamos la luz del día, volvimos a dejar el rastro de papeles, con una nueva provisión que habíamos cogido con extraña repugnancia de uno de los bultos de los trineos tapados con la lona alquitranada.

A medida que el suelo helado fue dejando paso a la suciedad y el polvo, distinguimos con claridad unas curiosas huellas que parecían hechas al arrastrar algún objeto, y enseguida Danforth encontró un rastro muy claro cuya descripción sería superflua. La dirección indicada por los graznidos de los pingüinos era justo la misma en la que, según el mapa y la brújula, se hallaba la boca del túnel y nos alegró encontrar un paso despejado y sin puentes al nivel del suelo y del subsuelo. Según el mapa, el túnel debía partir de la base de una gran estructura piramidal muy bien conservada que creíamos haber visto en el vuelo de reconocimiento. A lo largo del recorrido la linterna iluminó la acostumbrada profusión de relieves, pero no nos detuvimos a examinarlos.

De pronto una voluminosa figura blanca se alzó ante nosotros y encendimos la otra linterna. Es curioso como aquella segunda empresa nos había hecho olvidar nuestros temores sobre lo que pudiera estar acechándonos. Los otros, después de dejar sus pertrechos en aquel gran sitio circular, debían de tener planeado regresar tras su viaje de exploración de la sima; no obstante, habíamos descartado toda precaución, como si no existieran. Aquella cosa blanca de movimientos torpes medía dos metros de estatura, pero fue como si enseguida nos diésemos cuenta de que no era uno de ellos. Estos eran más grandes y oscuros y, según los relieves, se desplazaban por tierra con gran rapidez y seguridad a pesar de sus extraños tentáculos marinos. Pero sería pura vanidad afirmar que la figura blanca no nos asustó. De hecho nos dominó por un instante un terror primitivo casi más intenso que el peor de los temores racionales que nos inspiraban los otros. De pronto se produjo una especie de anticlímax cuando la forma blanca se deslizó hacia un pasadizo lateral que había a nuestra izquierda para reunirse con otras dos parecidas que graznaban al unísono. Era sólo un pingüino, aunque de una especie enorme y nunca vista, mucho más grande que un pingüino emperador y monstruosa por su albinismo y su carencia de ojos.

Tras seguir al animal por el pasadizo e iluminar con las linternas al grupo indiferente y confiado vimos que los tres eran albinos sin ojos y pertenecían a la misma especie gigantesca y desconocida. Su tamaño nos recordó a alguno de los pingüinos arcaicos descritos en los relieves de los Ancianos, y no tardamos en concluir que descendían de ellos: sin duda debían de haber sobrevivido apartados en alguna región interior más cálida cuya perpetua negrura había hecho innecesaria la pigmentación y atrofiado sus ojos hasta convertirlos en simples ranuras inútiles. Tampoco nos cupo la menor duda de que su hábitat actual debía ser el enorme abismo que estábamos buscando, y esa prueba de la habitabilidad y del calor de la sima nos inspiró las fantasías más curiosas, sutiles y perturbadoras.

También nos preguntamos qué había empujado a esos tres animales fuera de sus dominios. El silencio imperante en la gran ciudad muerta dejaba bien claro que nunca había sido una zona de cría habitual, mientras que la evidente indiferencia de aquel trío respecto a nosotros hacía poco probable que los hubiesen asustado los otros. ¿Sería posible que les hubiesen atacado para aumentar sus reservas de carne? Dudamos de que el intenso olor acre que tanto desagradaba a los perros hubiese molestado también a los pingüinos, pues era evidente que sus ancestros habían vivido en buena armonía con los Ancianos —una relación amistosa que debía de haber continuado en aquel abismo subterráneo mientras durara su supervivencia—. Lamentando, con un resto de nuestro antiguo espíritu científico, no poder fotografiar a tan extrañas criaturas, las dejamos allí graznando y seguimos avanzando hacia el abismo cuya entrada se nos mostraba ahora de forma tan evidente, y cuya dirección exacta señalaban de vez en cuando las huellas de los pingüinos.

Poco después, un empinado descenso por un largo pasillo de techo bajo, sin bifurcaciones y extrañamente desprovisto de relieves nos hizo creer que por fin estábamos acercándonos a la boca del túnel. Habíamos pasado junto a otros dos pingüinos y oímos otros más adelante. Luego el pasadizo desembocó en un prodigioso espacio abierto que nos dejó boquiabiertos, un perfecto hemisferio invertido muy profundo, de más de treinta metros de diámetro y dieciséis de altura, con pasadizos bajos que salían del perímetro de la circunferencia excepto por un punto donde se abría un arco cavernoso que rompía la simetría de la bóveda con su altura de casi cinco metros. Era la entrada al gran abismo.

En aquel vasto hemisferio, cuyo techo cóncavo estaba cubierto de impresionantes relieves de estilo decadente y representaciones de la bóveda celeste primigenia, se contoneaban algunos pingüinos albinos, ajenos a aquel lugar, aunque indiferentes y ciegos. El negro túnel se abría indefinidamente formando una empinada pendiente cuyo acceso estaba adornado con jambas y dinteles grotescamente tallados. Nos pareció notar una corriente de aire levemente más cálido procedente de aquella críptica entrada y tal vez incluso un poco de vapor, y nos preguntamos qué seres vivos, aparte de los pingüinos, se ocultarían en el insondable vacío subterráneo y las galerías de la tierra y las titánicas montañas.

También nos habría gustado saber si las trazas de humo que había creído ver el pobre Lake, y la extraña neblina que habíamos notado en torno a los picos coronados de baluartes, no las habrían causado aquellos vapores al alzarse por tortuosos canales desde las regiones sin fondo del centro de la Tierra.

Al entrar en el túnel vimos que su perfil era, al menos al principio, de unos cinco metros por cada lado; las paredes, el suelo y el techo abovedado estaban construidos con la habitual albañilería megalítica. Las paredes aparecían escasamente decoradas con cartuchos de diseños convencionales y estilo tardío y decadente, y tanto la construcción como los relieves se hallaban muy bien conservados. El suelo estaba despejado, a excepción de unos detritus dejados por los pingüinos al salir y las huellas de aquellos otros seres al entrar. Cuanto más nos internábamos en el túnel más calor hacía e incluso tuvimos que desabrocharnos la ropa. Habríamos dado cualquier cosa por saber si había manifestaciones ígneas allí abajo, y si las aguas de aquel mar sin sol eran cálidas. Al cabo de un rato, la mampostería dio paso a la roca viva, aunque el túnel siguió teniendo las mismas proporciones y relieves. A veces la pendiente era tan pronunciada que habían tallado escalones en el suelo. En varias ocasiones vimos pequeñas galerías laterales que no figuraban en el mapa; ninguna de ellas tan intrincada como para complicar el viaje de regreso, y todas posibles escondites en caso de que nos encontráramos con algún ser indeseado que volvía del abismo. El olor indescriptible de aquellas cosas era muy intenso. Sin duda aventurarse en aquel túnel dadas las circunstancias era una imprudencia suicida, pero la atracción de lo desconocido es mayor en ciertas personas de lo que sospechamos, de hecho esa misma atracción era la que nos había llevado hasta aquel desierto polar ultraterreno. Vimos varios pingüinos al pasar y especulamos sobre la distancia que aún tendríamos que recorrer. Los relieves nos habían inducido a pensar que sería una caminata de un kilómetro y medio cuesta abajo, pero nuestras anteriores exploraciones nos habían enseñado que el factor de escala no era totalmente fiable.

Al cabo de medio kilómetro aquel olor tan indefinible se fue acentuando, y fuimos anotando cuidadosamente las diversas salidas laterales por las que pasábamos. No había vapor visible como en la entrada, pero sin duda se debía a la falta de contraste con un aire más frío. La temperatura subía deprisa, y no nos sorprendió encontrarnos un descuidado montón de material estremecedoramente familiar. Eran pieles y la lona de una tienda de campaña robadas del campamento de Lake, y no nos detuvimos a inspeccionar las extrañas formas en que habían sido cortados. Un poco más adelante notamos un claro aumento del número y el tamaño de los pasadizos laterales y llegamos a la conclusión de que debíamos de haber llegado a la región surcada de galerías de las estribaciones más altas de las montañas. El indecible hedor estaba mezclado con otro no tan desagradable cuya naturaleza no acertamos a definir, aunque pensamos que serían organismos en descomposición o algún hongo desconocido subterráneo. Después el túnel se ensanchaba de un modo que no aparecía descrito en los relieves para formar una caverna aparentemente natural de unos veinticinco metros de largo por dieciséis de ancho con numerosos pasadizos laterales que se internaban en una misteriosa oscuridad.

Aunque dicha caverna parecía natural, una inspección con las dos linternas encendidas nos hizo comprender que se había formado derribando varios muros entre galerías adyacentes. Las paredes eran ásperas y el techo abovedado estaba cubierto de estalactitas, pero habían alisado el suelo y lo habían limpiado de cascotes, polvo y suciedad de un modo casi exagerado. Así ocurría con el suelo de todas las grandes galerías que partían de allí, con la excepción de la que nosotros habíamos utilizado, y la singularidad nos dejó muy desconcertados. El nuevo hedor añadido al olor indescriptible era tan acre que borraba cualquier rastro del otro. El ambiente del lugar, con su suelo barrido y casi brillante, nos pareció más desconcertante y espantoso que cualquiera de los horrores que habíamos encontrado previamente.

La regularidad del pasadizo que teníamos delante, al igual que el mayor número de excrementos de pingüino, impedía cualquier confusión respecto al camino que debíamos seguir entre la plétora de cuevas del mismo tamaño. No obstante, decidimos volver a dejar nuestro rastro de papel por si surgía alguna complicación, pues, como es lógico, ya no podíamos contar con seguir las huellas en el polvo. Al reanudar la marcha iluminamos con la linterna las paredes del túnel y nos quedamos sin aliento al ver el cambio radical sufrido por los relieves en aquel lugar. Por supuesto, ya habíamos reparado en la gran decadencia de las esculturas de los Ancianos en la época en que se excavó el túnel, y sin duda habíamos notado la inferior calidad de los arabescos en las extensiones que habíamos dejado atrás. Pero en esa profunda sección de la caverna había una repentina diferencia que superaba cualquier explicación, una diferencia en la naturaleza misma, y no sólo en la calidad, que implicaba una degradación tan profunda y calamitosa de su destreza que nada de lo que habíamos visto hasta ese momento nos habría hecho imaginar.

Aquellas obras nuevas y degeneradas eran groseras, toscas y totalmente carentes de delicadeza en el detalle. Estaban talladas con demasiada profundidad en bandas que seguían la misma línea general de los escasos cartuchos de las secciones anteriores, aunque la altura de los relieves no llegaba al nivel de la superficie general. A Danforth se le ocurrió que tal vez se tratase de un segundo labrado de la piedra, una especie de palimpsesto cincelado después de borrar un diseño anterior. Era de naturaleza puramente decorativa y convencional, y consistía en burdas espirales y ángulos que seguían torpemente la tradición quintil de los Ancianos, aunque parecían más una parodia que la continuación de dicha tradición. No logramos librarnos de la sensación de que se había añadido un elemento ajeno al sentimiento estético que subyacía a aquella técnica, un elemento que, según opinaba Danforth, era el responsable de aquella sustitución tan laboriosa. Se parecía y al mismo tiempo era muy distinto de lo que habíamos llegado a considerar el arte de los Ancianos, y me recordó a híbridos como las desgarbadas esculturas de Palmira talladas al estilo romano. La presencia de una pila de linterna gastada en el suelo delante de uno de los motivos más característicos nos dio a entender que los otros también habían visto aquella banda de relieves.

Como no podíamos permitirnos pasar demasiado tiempo estudiándolos, proseguimos la marcha tras examinarlos por encima; aunque continuamos iluminando de vez en cuando las paredes por si se producía algún otro cambio en la decoración. No notamos nada, sin embargo los relieves estaban más espaciados a causa de las numerosas bocas de túnel totalmente pulimentadas. Vimos y oímos menos pingüinos, aunque nos pareció oír un coro muy distante en el interior de la tierra, y apenas notamos aquel olor indescriptible. Las volutas de vapor que encontramos más adelante nos indicaron que el contraste de temperatura era cada vez mayor y nuestra relativa proximidad a los acantilados de la gran sima. Luego, de pronto, vimos varios bultos tendidos en el suelo —unos bultos que sin duda no eran pingüinos— y encendimos la segunda linterna después de asegurarnos de que no se movían.

XI

Una vez más he llegado a un punto en el que se me hace muy difícil continuar. A estas alturas ya debería haberme curtido, pero algunas vivencias e indicios producen cicatrices tan profundas que no llegan a curar nunca y dejan una sensibilidad añadida que el recuerdo reaviva en todo su horror. Como he dicho vimos unos bultos en el suelo y debería añadir que casi al mismo tiempo notamos un aumento del extraño hedor, ahora claramente mezclado con el indescriptible olor de los que nos habían precedido. La luz de la segunda linterna no dejó lugar a dudas sobre la naturaleza de los bultos y sólo nos atrevimos a acercarnos porque vimos, incluso desde lejos, que ya no podían hacer daño a nadie, al igual que los seis especímenes similares que habíamos desenterrado de las monstruosas sepulturas en forma de montículos de cinco puntas del campamento del pobre Lake.

De hecho estaban tan mutilados como la mayoría de los que habíamos desenterrado, aunque a juzgar por el espeso charco verdoso que los rodeaba dicha mutilación era muchísimo más reciente. Al parecer sólo había cuatro, aunque los informes de Lake daban a entender que el grupo que nos precedía estaba integrado al menos por ocho. Lo último que habíamos imaginado era encontrarlos en aquel estado, y habríamos dado cualquier cosa por saber qué monstruosa lucha se había producido en aquella oscuridad.

Los pingüinos, ante un ataque en masa, responden dando brutales picotazos, y por lo que oíamos estábamos seguros de que más adelante había una pingüinera. ¿Habrían perturbado los otros aquel lugar y ocasionado una mortífera persecución? Los bultos no parecían indicarlo, pues los picotazos de los pingüinos en los duros tejidos que Lake había diseccionado no habrían bastado para explicar los daños terribles que vimos al aproximarnos. Además, los enormes pájaros ciegos que habíamos visto parecían singularmente pacíficos.

¿Se habría producido entonces una lucha entre los otros y los cuatro que faltaban eran los responsables? Y, en ese caso, ¿dónde estaban? ¿Acaso se hallaban cerca y podían constituir una amenaza? Nos asomamos angustiados a algunos de los pasadizos laterales mientras continuábamos nuestro lento y nada animado avance. Fuese lo que fuese lo sucedido, estaba claro que había espantado a los pingüinos, por tanto debía de haber ocurrido cerca de la pingüinera que nos parecía oír en la insondable sima, pues ningún indicio hacía suponer que los pájaros hubiesen vivido nunca en el lugar donde nos encontrábamos. Tal vez, pensamos, se hubiese producido una espantosa huida y la parte más débil estuviese intentando llegar a los trineos ocultos cuando sus perseguidores les alcanzaron. Imaginamos una espantosa escaramuza entre seres innombrables y monstruosos surgidos del negro abismo con grandes nubes de pingüinos corriendo y graznando en todas las direcciones.

He dicho que nos acercamos despacio y con suma prevención a los bultos tendidos y mutilados. Ojalá no lo hubiésemos hecho y nos hubiéramos limitado a huir a toda velocidad de aquel túnel blasfemo de suelos lisos y resbaladizos cubierto de relieves murales degenerados que imitaban y ridiculizaban a los seres a los que habían desbancado, ¡huir antes de ver lo que vimos, y antes de que se grabase en nuestro recuerdo algo que no volverá a dejarnos respirar con tranquilidad!

Las dos linternas iluminaban los objetos del suelo de modo que pronto comprendimos el factor dominante de las mutilaciones. Aunque estaban muy desfigurados, comprimidos, retorcidos y quebrantados, la herida más clara era la decapitación completa. Habían arrancado la cabeza de cada uno de los tentáculos, y al acercarnos vimos que la forma de arrancarla había sido una especie de horrible desgarro o succión y no un corte de ningún tipo. El repulsivo icor verdoso había formado un enorme charco, pero su hedor quedaba oculto por otro nuevo y desconocido más intenso allí que en cualquier otro punto del recorrido. Sólo al acercarnos mucho a los bultos pudimos atribuir aquel tufo inexplicable a alguna fuente cercana, y en cuanto lo hicimos Danforth, al recordar ciertos relieves muy descriptivos de la historia de los Ancianos en el Pérmico, hace ciento cincuenta millones de años, soltó un grito nervioso y torturado que resonó histéricamente en aquel pasadizo arcaico y abovedado cubierto de un palimpsesto de malignos relieves.

Poco faltó para que gritara yo también, pues había visto los relieves primitivos y había admirado estremecido el modo en que el artista anónimo había reproducido la baba repugnante encontrada en algunos Ancianos postrados y mutilados, a los que los temibles Shoggoths habían matado y decapitado en la gran guerra librada entre ambos. Eran relieves de pesadilla aunque describieran seres desaparecidos hacía tanto tiempo, pues ningún ser debería haber retratado a los Shoggoths y la humanidad no debería contemplar sus obras. El autor loco del Necronomicón se había esforzado en jurar y perjurar que nunca habían vivido en nuestro planeta y que sólo podían imaginarse bajo el efecto de las drogas. Protoplasmas informes capaces de imitar y reflejar todo tipo de órganos y procesos, aglutinaciones viscosas de células burbujeantes, esferoides gomosos de cinco metros de diámetro, infinitamente plásticos y dúctiles, esclavos de la sugestión, constructores de ciudades, cada vez más hoscos e inteligentes y más anfibios y miméticos. ¡Santo Dios! ¿Qué locura habría empujado incluso a esos blasfemos Ancianos a utilizar y modelar semejantes seres?

Y en ese instante, al ver la baba negra, brillante e iridiscente adherida a los cadáveres decapitados que hedían obscenamente con aquel nuevo tufo desconocido cuya causa sólo podía concebir una imaginación enferma —adherida y brillando con menos intensidad en una parte lisa de aquel muro maldito y reesculpido con una serie de puntos agrupados— Danforth y yo comprendimos la naturaleza del terror cósmico del modo más profundo que pueda imaginarse. No era miedo a los cuatro desaparecidos, pues demasiado sospechábamos que no volverían a hacer daño a nadie. ¡Pobres diablos! Al fin y al cabo, no eran tan malos. Eran la humanidad de otra época y otro orden de seres. La naturaleza les había gastado una broma diabólica —como hará con cualquiera a quien la locura, la insensibilidad o la crueldad arrastre hasta ese desierto polar muerto o durmiente— y ése había sido su trágico regreso a casa.

Ni siquiera habían sido tan salvajes... ¿qué habían hecho, después de todo? Un terrible despertar en el frío de una época desconocida, y una ciega defensa ante el ataque de unos cuadrúpedos cubiertos de pelo que no paraban de ladrar y unos no menos frenéticos simios blancos con sus extrañas envolturas y parafernalia... ¡Pobre Lake, pobre Gedney... y pobres Ancianos! Científicos hasta el final —¿qué habían hecho que no hubiésemos hecho nosotros?—, ¡Dios, cuanta inteligencia y tenacidad! ¡Cómo se habían enfrentado a lo increíble, igual que sus parientes y antepasados de los relieves se habían enfrentado a cosas no menos inverosímiles! Radiados, vegetales, monstruosidades, llegados de las estrellas... ¡Fuesen lo que fuesen, habían sido una especie de humanidad!

Habían atravesado los picos helados de aquellas laderas cubiertas de templos en los que antaño habían prestado culto y vagado entre los helechos arborescentes. Habían hallado la ciudad muerta y maldita, y habían leído el relato esculpido de sus últimos días, igual que nosotros. Habían intentado reunirse con sus congéneres en las fabulosas simas de negrura que no habían visto nunca... y ¿qué habían encontrado? Todo eso cruzó al unísono por nuestra imaginación mientras contemplábamos los bultos decapitados y cubiertos de baba, los odiosos relieves en palimpsesto y los diabólicos grupos de puntos de baba fresca que había al lado. Al verlos comprendimos lo que debía de haber triunfado y sobrevivido allí abajo en la ciclópea ciudad subterránea de aquel abismo oscuro y frecuentado por los pingüinos, del que había empezado a elevarse pálidamente una bruma siniestra y serpenteante en respuesta al grito histérico de Danforth.

La impresión al reconocer aquella baba monstruosa y las decapitaciones nos convirtió en estatuas inmóviles, y sólo gracias a conversaciones posteriores supimos lo que habíamos pensado en aquel instante. Fue como si llevásemos eones en aquel lugar, pero no pudieron ser más de diez o quince segundos. Aquella bruma pálida y odiosa ascendía ondulante como si de verdad la empujase el avance de alguna forma más remota... luego se oyó un sonido que echó por tierra nuestros planes, y al hacerlo quebró el hechizo y nos permitió salir corriendo como locos y dejar atrás a los confusos pingüinos para regresar a la ciudad por pasadizos megalíticos sumergidos en el hielo hasta el enorme círculo, y subir por la arcaica rampa en espiral en una frenética huida al aire libre y a la luz del día.

El nuevo sonido, como he dicho, dio al traste con nuestros planes, porque la disección llevada a cabo por el pobre Lake nos había inducido a atribuírselo a aquéllos a quienes habíamos creído muertos. Era, me contó después Danforth, justo lo que le había parecido oír de forma muy apagada al doblar aquella esquina por encima del nivel glacial, y ciertamente guardaba un sorprendente parecido con el silbido del viento que habíamos oído junto a la boca de las cuevas en las montañas. Aun a riesgo de parecer pueril, añadiré también otra cosa siquiera sea por el modo tan sorprendente en que la impresión de Danforth coincidió con la mía. Por supuesto, lo que nos preparó para hacer esa interpretación fueron nuestras lecturas, aunque Danforth había insinuado extrañas ideas sobre las fuentes prohibidas e insospechadas a las que podría haber tenido acceso Poe hace un siglo, cuando escribió Las aventuras de Arthur Gordon Pym. Se recordará que en ese cuento fantástico hay una palabra de significado desconocido, aunque temible y prodigioso, relacionada con la Antártida y gritada eternamente por los pájaros gigantescos y espectralmente blancos del centro de esa maléfica región. «¡Tekeli-li, Tekeli-li!». Debo admitir que es exactamente el sonido que nos pareció oír detrás de la bruma blanca, un insidioso silbido musical de gama singularmente amplia.

Antes de que sonasen aquellas tres notas o sílabas ya habíamos emprendido la huida, aunque sabíamos que la agilidad de los Ancianos permitiría a cualquier superviviente de la matanza a quien hubiese alertado el grito darnos alcance si se lo proponía. No obstante, teníamos la vaga esperanza de que si observábamos una conducta pacífica y un comportamiento razonable dicho ser nos dejaría seguir con vida, aunque sólo fuese por curiosidad científica. Al fin y al cabo, si no tuviese nada que temer tampoco tendría motivos para hacernos daño. Llegados a ese punto era inútil seguir ocultándose, así que usamos la linterna para echar un vistazo a nuestra espalda y vimos que la bruma estaba disipándose. ¿Veríamos por fin un ejemplar vivo e intacto de aquellos seres? Una vez más oímos el insidioso silbido musical: «¡Tekeli-li, Tekeli-li!».

Luego, al reparar en que estábamos ganando terreno a nuestro perseguidor, pensamos que tal vez estuviese herido. No obstante, no podíamos arriesgarnos, pues era evidente que se acercaba en respuesta al grito de Danforth y no huyendo de alguna otra entidad. La coincidencia era demasiado grande para dejar lugar a dudas. Era imposible saber el paradero de aquella pesadilla casi imposible de concebir, aquel gigantesco protoplasma nunca visto que escupía baba fétida y cuya raza había conquistado el abismo y enviado a tierra una avanzadilla para volver a tallar los relieves y reptar por las galerías de las montañas, y lamentamos mucho tener que dejar a aquel Anciano malherido —tal vez el único superviviente— a merced de un destino innombrable.

Gracias a Dios no dejamos de correr. La bruma ondulante había vuelto a espesarse y avanzaba a mayor velocidad; mientras los pingüinos que habíamos dejado atrás graznaban y chillaban y daban muestras de pánico ciertamente sorprendentes si se comparaban con lo poco que se habían asustado cuando pasamos a su lado. Una vez más oímos aquel siniestro silbido «¡Tekeli-li, Tekeli-li!». Nos habíamos equivocado. El ser no estaba herido, sólo se había detenido al encontrar los cadáveres de sus congéneres y la infernal inscripción de baba que había encima. Nunca sabríamos qué significado tenía aquel mensaje demoniaco, pero los enterramientos en el campamento de Lake nos habían mostrado la importancia que concedían aquellos seres a sus muertos. Nuestra linterna casi gastada reveló por delante de nosotros la enorme caverna abierta en la que convergían varios pasadizos, y nos alegró dejar atrás los morbosos relieves en palimpsesto, que casi nos parecía sentir aunque no pudiéramos verlos.

Otra idea que nos inspiró la cueva fue la posibilidad de despistar a nuestro perseguidor en aquel laberinto de galerías. Había varios pingüinos ciegos en el espacio abierto, y era evidente que el temor que les inspiraba el ser que se acercaba era tan grande que casi resultaba inexplicable. Si atenuábamos la luz de la linterna al máximo para poder seguir nuestra huida y sólo la enfocábamos hacia delante, los torpes movimientos de aquellos pájaros gigantescos podrían borrar nuestras pisadas, ocultar nuestro verdadero camino y trazar una pista falsa. En mitad de aquella bruma serpenteante, el suelo sin pulir y cubierto de suciedad del túnel principal, tan diferente de las demás galerías, no ofrecería ningún rasgo distintivo, ni siquiera, por lo que podíamos conjeturar, para aquellos sentidos especiales que hacían que los Ancianos fuesen en parte independientes de la luz en caso de emergencia. De hecho, temimos extraviarnos por culpa de las prisas. Por supuesto, habíamos decidido seguir en dirección a la ciudad muerta, ya que las consecuencias de perderse en aquellas galerías desconocidas habrían sido inconcebibles.

El hecho de que sobreviviéramos y llegáramos a la superficie es prueba suficiente de que aquella cosa siguió por una galería equivocada mientras nosotros continuábamos providencialmente por la correcta. Los pingüinos solos no podrían habernos salvado, pero combinados con la niebla lo hicieron. Sólo un destino favorable hizo que los serpenteantes vapores se espesaran en el momento adecuado, pues cambiaban constantemente y amenazaban con disiparse. Incluso se levantaron justo un segundo antes de que saliéramos a la cueva desde el repulsivo túnel reesculpido y pudimos entrever por vez primera a aquel ser al echar una temerosa mirada atrás antes de apagar la linterna y mezclarnos con los pingüinos con la esperanza de darle esquinazo.

Si el destino que nos ocultó fue benévolo, el que nos permitió vislumbrarlo fue todo lo contrario, pues a ese instante se debe el horror que nos ha obsesionado desde entonces.

Nuestros motivos exactos para volver la vista atrás tal vez no fuesen otros que el instinto inmemorial del perseguido de calcular la distancia y el rumbo del perseguidor, o tal vez se tratara de un intento automático de responder a una pregunta inconsciente planteada por uno de nuestros sentidos. En plena huida, con todas nuestras facultades centradas en escapar, no nos hallábamos en situación de analizar y observar los detalles, pero incluso así las células latentes de nuestro cerebro debieron de preguntarse por la naturaleza del hedor que percibían. Luego comprendimos de qué se trataba: nuestra huida de la fétida capa de baba de aquellos objetos decapitados y de la cercanía de nuestro perseguidor no había causado el cambio de olores exigido por la lógica. Cerca de los objetos tendidos, había predominado el olor nuevo e inexplicable, pero a esas alturas ya debería haber dejado paso al indecible tufo asociado a los otros. No había sido así y el hedor más nuevo y desagradable se volvía más insistente y ponzoñoso cada segundo.

El caso es que volvimos la vista atrás —justo al mismo tiempo, aunque sin duda el movimiento incipiente del uno motivó la imitación del otro—, y al hacerlo iluminamos la fina bruma con las dos linternas a máxima potencia, ya fuese por un deseo primitivo de ver todo lo posible o por un esfuerzo menos primario, pero igualmente inconsciente, de cegar a aquella entidad antes de atenuar la luz y mezclarnos entre los asustados pingüinos camino del centro del laberinto. ¡Fue un acto desafortunado! Ni el propio Orfeo, ni la mujer de Lot, pagaron más caro esa mirada atrás. Y otra vez oímos el desagradable silbido de amplio registro: «¡Tekeli-li, Tekeli-li!».

Más vale ser franco —aunque no pueda ser directo— y decir lo que vimos, pese a que en aquel momento los dos decidimos ocultárnoslo mutuamente. Las palabras que lleguen al lector nunca podrán sugerir lo horrible de aquella imagen. Paralizó de tal manera nuestra conciencia que me sorprende que tuviésemos el reflejo de apagar las linternas tal como habíamos planeado y acertar con el túnel correcto en dirección a la ciudad muerta. Debió de guiarnos sólo el instinto, y tal vez lo hiciese mejor que la razón misma; aunque si fue eso lo que nos salvó, el precio que pagamos fue muy alto. Razón, sin duda, nos quedaba poca. Danforth estaba deshecho, y lo primero que recuerdo del resto de nuestra huida fue que le oí canturrear una fórmula histérica en la que sólo yo, de toda la humanidad, habría podido entender algo más que una sarta de incoherencias. Reverberó en falsete entre los graznidos de los pingüinos, reverberó en las bóvedas que teníamos delante y —gracias a Dios— en las que habíamos dejado atrás. No debió de empezar enseguida, de lo contrario no habríamos seguido con vida corriendo como desesperados. Me estremezco al pensar lo que habría podido ocurrir si sus reacciones nerviosas hubiesen sido levemente diferentes. «South Station... Washington... Park Street... Kendall... Central... Harvard...», el pobre desgraciado estaba recitando las estaciones de la conocida línea de metro de Boston a Cambridge que recorría nuestra pacífica tierra natal en Nueva Inglaterra, a miles de kilómetros de allí, aunque aquel ritual no me resultó familiar ni irrelevante. Tan sólo me produjo espanto, pues comprendí de manera inequívoca la horrenda y nefanda analogía que se lo había sugerido. Al volver la vista atrás habíamos imaginado que veríamos una entidad horrible e increíble moviéndose entre la fina bruma, pero no nos habíamos formado una idea muy clara de dicha entidad. Lo que vimos —pues los vapores casi se habían disipado— fue algo muy distinto e inconmensurablemente más odioso y detestable. Fue la encarnación absoluta y objetiva de la «cosa que no debería ser» del novelista fantástico, y la analogía que más se aproxima a la realidad es un enorme tren subterráneo a toda velocidad tal como se ve a su llegada desde el andén de la estación: con el gran morro negro asomando de una distancia subterránea infinita, iluminado con extrañas luces de colores y llenando el prodigioso hueco igual que un pistón un cilindro.

Pero no estábamos en el andén de la estación, nos encontrábamos en las vías cuando aquella plástica columna de pesadilla apareció rezumando su fétida y negra iridiscencia por el hueco de cinco metros de diámetro, ganando velocidad y empujando por delante la nube ondulante de los pálidos vapores del abismo. Fue algo terrible e indescriptible, mucho más grande que cualquier tren subterráneo: un agregado amorfo de burbujas protoplásmicas, vagamente luminosas, y miles de ojos que se formaban y deshacían como pústulas de luz verdosa a medida que avanzaba hacia nosotros por el túnel, aplastando a los pingüinos y resbalando por el suelo pulimentado que él y otros como él habían limpiado de toda suciedad. Una vez más oímos el silbido burlón y pavoroso, «¡Tekeli-li, Tekeli-li!». Y por fin recordamos que los demoníacos Shoggoths, a quienes los Ancianos habían dado vida, pensamiento y plasticidad para reproducir cualquier órgano, no tenían otro lenguaje que el expresado por aquellos puntos, y tampoco tenían más voz que los acentos que imitaban de sus amos desaparecidos.

XII

Danforth y yo tenemos el recuerdo de haber salido al gran hemisferio esculpido y haber desandado nuestros pasos a través de las salas y los pasillos ciclópeos de la ciudad muerta; no obstante, son fragmentos puramente oníricos que no implican volición, detalle ni esfuerzo físico. Fue como si flotásemos en un mundo nebuloso o en una dimensión sin tiempo, causa, ni orientación. La grisácea luz del día en el vasto espacio circular nos tranquilizó un poco, pero no nos acercamos a los trineos escondidos, ni volvimos a mirar al pobre Gedney y al perro. Tienen un extraño y titánico mausoleo, y espero que cuando este planeta llegue a su fin aún sigan allí en paz.

Mientras subíamos por la gigantesca rampa en espiral notamos por primera vez la terrible fatiga y los jadeos que nos había causado la carrera por el aire enrarecido de la meseta, pero ni siquiera el miedo a desmayarnos nos hizo detenernos antes de llegar a los dominios del sol y el cielo. Había algo vagamente apropiado en nuestra partida de aquellas épocas subterráneas, pues mientras ascendíamos jadeantes por la mampostería primigenia del cilindro de veinte metros de altura vislumbramos una sucesión de relieves heroicos tallados con la técnica temprana de aquella raza desaparecida, la despedida de los Ancianos, escrita hacía cincuenta millones de años.

Por fin, al llegar arriba, nos encontramos en lo alto de un enorme montículo de bloques caídos, con las curvas paredes de piedra alzándose al oeste y los picos de las montañas asomando por detrás de las estructuras más deterioradas que había hacia el este. El bajo sol antártico de medianoche asomaba rojizo por el horizonte entre las grietas de las ruinas, y la edad inconcebible y la falta de vida de la ciudad de pesadilla me parecieron aún mayores por el contraste con los conocidos rasgos del paisaje polar. El cielo era un amasijo opalescente de tenues vapores, y el frío nos caló hasta la médula de los huesos. Extenuados, dejamos en el suelo las mochilas con las que habíamos cargado instintivamente mientras huíamos, volvimos a abrocharnos las gruesas prendas y descendimos a trompicones para recorrer el laberinto de piedra en dirección a las estribaciones montañosas donde aguardaba nuestro avión. No dijimos nada de lo que nos había hecho huir de la oscuridad del secreto de la tierra y sus arcaicos abismos.

Un cuarto de hora después, encontramos la empinada escalera en las montañas —probablemente una antigua estructura en terraza— por la que habíamos descendido, y vimos la forma oscura del avión entre las ruinas dispersas de la montaña que había al fondo. A mitad de camino, hicimos una pausa para recobrar el aliento y nos volvimos para contemplar la fantástica maraña paleógena de formas de piedra que había abajo, que se recortaba misteriosamente contra un desconocido occidente. Al hacerlo reparamos en que la neblina matutina había desaparecido del cielo y los vapores se habían desplazado hacia el cénit donde sus formas burlonas parecían a punto de formar un extraño dibujo que temieran definir de forma demasiado clara y concreta.

Ahora se revelaba en el horizonte blanco, detrás de la grotesca ciudad, una leve y élfica línea de pináculos violáceos cuyas cumbres puntiagudas se alzaban como un sueño contra el color rosado y tentador del cielo occidental. Hasta aquel borde reluciente ascendía la antigua meseta atravesada por el río desaparecido como una irregular cinta de sombra. Por un segundo contemplamos boquiabiertos de admiración la belleza cósmica y ultraterrena de aquella escena, y luego un vago horror empezó a abrirse paso hasta nuestras almas. Pues la lejana línea violácea no podía ser otra cosa que las temibles montañas prohibidas, los picos más altos de la Tierra y el foco del mal en la Tierra; la guarida de horrores innombrables y secretos arqueozoicos, evitada y adorada por quienes temieron tallar su significado; nunca hollada por ser viviente alguno y sólo visitada por extraños relámpagos que iluminaban de modo extraño las llanuras en la noche polar, sin duda el arquetipo desconocido de la temida Kadath en el Desierto Helado, más allá de la aborrecible Leng, a la que aluden evasivamente las leyendas primitivas. Éramos los primeros seres humanos que las veíamos y ruego a Dios que seamos también los últimos.

Si las imágenes y los mapas tallados en aquella ciudad prehumana eran ciertos, aquellas misteriosas montañas violáceas se hallaban a menos de quinientos kilómetros de distancia; no obstante, su élfica y borrosa esencia asomaba sobre el borde remoto y nevado como el filo aserrado de un planeta extraño y monstruoso a punto de alzarse en un cielo desconocido. Su altura debe de ser enorme e incomparable, y sin duda se alzan hasta tenues estratos atmosféricos poblados de esos espectros gaseosos que han descrito con temerosos susurros algunos osados pilotos después de caídas inexplicables. Al contemplarlas, pensé nerviosamente en ciertos indicios esculpidos de lo que el río desaparecido había arrastrado hasta la ciudad desde sus laderas malditas y deseé saber qué proporción de sensatez y de locura había habido en los temores de los Ancianos que los habían tallado con tantas reticencias. Recordé que la desembocadura estaba al norte, cerca de la costa de Tierra Victoria, donde, en ese mismo instante, se hallaba sin duda la expedición de sir Douglas Mawson, y rogué por que ningún funesto destino permitiera entrever a él y sus hombres lo que había detrás de la cordillera costera. Con eso basta para hacerse una idea de mi extenuación en aquel momento…, y Danforth aún estaba peor.

Sin embargo, mucho antes de dejar atrás la ruina en forma de estrella y llegar al avión, nuestros temores volvieron a la cordillera más baja, pero aun así altísima, que teníamos que atravesar. Desde aquellas estribaciones las negras laderas salpicadas de ruinas se alzaban severas y pavorosas, y volvieron a recordarnos las extrañas pinturas asiáticas de Nikolái Roerich; y cuando pensamos en las horribles galerías que las recorrían y en las temibles entidades amorfas que podían haber arrastrado su fetidez hasta los pináculos más altos, sentimos pánico ante la perspectiva de volver a sobrevolar aquellas tentadoras entradas a las cuevas donde el viento sonaba como un malvado silbido musical de registro muy amplio. Para acabar de empeorar las cosas, vimos claros jirones de niebla en torno a algunas de las cimas —igual que debía de haber hecho el pobre Lake cuando las atribuyó por error a fenómenos volcánicos— y pensamos estremecidos en la bruma de la que acabábamos de escapar; en eso y en el abismo blasfemo y repleto de horrores del que procedían dichos vapores.

El avión estaba en buen estado, así que nos pusimos torpemente la gruesa ropa de vuelo. Danforth arrancó el motor sin dificultad, y despegamos suavemente sobre la ciudad de pesadilla. A nuestros pies volvió a extenderse la ciclópea mampostería primigenia, tal como había hecho la primera vez que la vimos —hacía muy poco tiempo, aunque a nosotros nos parecía muchísimo— y empezamos a ascender contra el viento para atravesar el paso. Más arriba debía de haber numerosas turbulencias, pues las nubes de hielo en polvo del cénit estaban adoptando toda clase de formas fantásticas, pero a siete mil doscientos metros, la altura que necesitábamos para atravesar el paso, la navegación era relativamente fácil. Al aproximarnos a los picos, volvió a hacerse audible el extraño silbido y vi que a Danforth le temblaban las manos. Pese a que no soy más que un simple aficionado, juzgué que podría pilotar el avión mejor que Danforth mientras atravesábamos el peligroso paso entre los pináculos, y cuando le indiqué por señas que cambiáramos los asientos no protestó. Me esforcé por conservar la calma y hacer uso de toda mi habilidad, fijé la vista en el cielo rojizo que había entre las paredes del paso, me negué en redondo a prestar atención a los celajes de las cumbres y deseé haberme tapado con cera los oídos como los marineros de Ulises en la costa de las Sirenas para apartar aquel turbador silbido de mi conciencia.

Pero Danforth, liberado de la obligación de pilotar el avión y presa de un peligroso estado nervioso, era incapaz de estarse quieto. Noté cómo se volvía y retorcía para contemplar la terrible ciudad cada vez más lejana, las entradas a las cuevas y los cubos adheridos a las cumbres, las desoladas extensiones de nieve de las laderas y el cielo hirviente y grotescamente nublado. Fue entonces, mientras me esforzaba en pilotar a través del paso, cuando sus gritos enloquecidos estuvieron a punto de causar un desastre, me hicieron perder el dominio de mí mismo y toquetear con impotencia los mandos. Un segundo después, triunfó mi resolución y pudimos pasar sanos y salvos..., aunque temo que Danforth nunca vuelva a ser el mismo.

He dicho ya que se negó a contarme qué último horror le había hecho gritar de ese modo tan demencial..., un horror que tengo el triste convencimiento de que es la causa de su estado actual. Cuando llegamos a la otra vertiente de la cordillera e iniciamos el descenso al campamento, mantuvimos una breve conversación a gritos por encima del silbido del viento y el ruido del motor, pero sobre todo hablamos del secreto que nos habíamos comprometido a guardar mientras hacíamos los preparativos para abandonar la ciudad de pesadilla. Acordamos que había cosas que no estaban hechas para que la gente las supiera y las comentase a la ligera, y jamás se me habría ocurrido divulgarlas de no ser para disuadir a la expedición Starkweather-Moor, y a cualquier otra, al precio que sea. Es absolutamente necesario para la paz y seguridad de la humanidad que no perturbemos algunos de los rincones y profundidades insondables más oscuras y muertas del planeta, no vaya a ser que ciertas anormalidades dormidas despierten y vuelvan a cobrar vida, y pesadillas supervivientes salgan reptando y chapoteando de sus negras madrigueras para emprender nuevas y mayores conquistas. Lo único que llegó a insinuar Danforth es que aquel último horror fue un espejismo. Según afirma, no tuvo nada que ver con los cubos y las cuevas de aquellas Montañas de la Locura horadadas, resonantes y vaporosas que habíamos dejado atrás, sino con un único fantástico y demoniaco reflejo entre las nubes del cénit de lo que había detrás de las otras montañas violáceas occidentales que los Ancianos siempre habían temido y evitado. Es muy probable que lo que viese fuese sólo una alucinación debida a la tensión que habíamos sufrido y al espejismo de la ciudad ultramontana que habíamos experimentado el día anterior, aunque no lo hubiésemos identificado como tal, cerca del campamento de Lake, pero fue tan real que Danforth sigue sufriendo por su causa.

En raras ocasiones ha susurrado cosas absurdas e inconexas sobre «la sima negra», el «borde tallado», «los proto-Shoggoths», «las moles sin ventanas y con cinco dimensiones», «el cilindro sin nombre», «el faro antiguo», «Yog-Sothoth», «la gelatina blanca primordial», «el color llegado del espacio», «las alas», «los ojos en la oscuridad», «la escalera a la Luna», «lo original, lo eterno, lo que no muere» y otras ideas no menos extrañas, pero cuando consigue dominarse, lo niega y lo atribuye a las curiosas y macabras lecturas de años anteriores. De hecho, se sabe que Danforth es de los pocos que se han atrevido a leer hasta el final el ejemplar roído por los gusanos del Necronomicón que se conserva bajo llave en la biblioteca de la facultad.

El cielo, cuando atravesamos la cordillera, estaba ciertamente cubierto de vapores y turbulento, y aunque no vi el cénit puedo imaginar que las nubes de hielo en polvo debieron de adoptar formas extrañas. La imaginación, sabedora de que esas cambiantes capas de nubes pueden reflejar, refractar y ampliar con detalle escenas lejanas, debió de añadir el resto…, y por supuesto Danforth no aludió a ninguno de esos horrores concretos hasta que su memoria tuvo tiempo de inspirarse en sus lecturas anteriores. Es imposible que viera tantas cosas en un instante.

En aquel momento, sus gritos se limitaron a repetir una palabra enloquecida cuyo origen no podía estar más claro: «¡Tekeli-li, Tekeli-li!».

En las Montañas de la Locura (la versión fílmica que ha querido hacer Guillermo del Toro, multipremiado cineasta mexicano, se ha visto frustrada por más de una década y debido a diversos motivos), de H. P. Lovecraft, fue impreso en septiembre de 2020, en Impreimagen, José María Morelos y Pavón, manzana 5, lote 1, Colonia Nicolás Bravo, CP 55296, Ecatepec, Estado de México.

www.ingramcontent.com/pod-product-compliance
Lightning Source LLC
LaVergne TN
LVHW021941220826
846092LV00010B/1201

* 9 7 8 6 0 7 4 5 3 7 2 3 9 *